Le Voyageur des Sources

Paul Myré

Le Voyageur des Sources

Roman

© 2020 Paul Myré

Éditeur : BoD-Books on Demand
12-14 rond-point des Champs-Élysées, 75008 Paris
Impression : Books on Demand, Norderstedt, Allemagne

Illustration : C.B

ISBN :

Dépôt légal : Mars 2020

« Celui qui suit la foule n'ira jamais plus loin que la foule qu'il suit.
Celui qui marche seul peut parfois atteindre des lieux que personne n'a jamais atteints ! »
Albert Einstein.

« Mes pieds nus dans la vase grise faisaient des bruits spongieux insupportables. A chacun de mes mouvements, l'eau se troublait davantage. Je me débattais encore et encore, alors que mes pensées étaient troublées par la terreur et la douleur. Le lourd bloc de béton avait touché le fond. Lorsque je relevais la tête, je voyais la lumière du soleil plusieurs mètres au-dessus. Elle me paraissait désormais inaccessible. J'essayais de dégager ma jambe. C'était impossible, la lourde chaine attachée au bloc de béton traversait mes chairs à hauteur de mon tibia cassé. Cette histoire se serait probablement arrêtée là, si une voix ne s'était mise à hurler dans ma tête : « Ton couteau, vas-y coupe ! ». Je sentais mes poumons remplis d'eau quand je compris enfin que je devais le faire, que je devais rester vivant, même si pour cela, je devais m'entailler la jambe. Je tirais sur la chaine, pour me mettre à genoux et commençais à couper au-dessus du mollet. Mes mots ne pourront jamais donner une idée de la douleur que j'ai ressentie à cet instant. Elle était si puissante que, j'en avalais des quantités d'eau qui mettaient mon corps en pression. J'aurais voulu crier, mais mes poumons pleins de boue n'y parvenaient. La dernière chose dont je me souviens, c'est du nuage rouge qui s'était formé autour de moi, alors que mes paupières se fermaient et que je me sentais emporté dans le tourbillon d'un sommeil profond. J'ignore ce qui s'est passé ensuite, combien de temps s'est écoulé. Quand j'ai rouvert les yeux, après ce long cauchemar, ma tête et mon corps étaient au sec, sur ce lit, dans cette chambre... »

Soixante douzième page du carnet de Timo.

Cette histoire est une pure fiction !...

Pourtant chaque élément du récit repose sur une vérité, passée ou à venir, dissimulée ou connue.

Dans nos sociétés rendues irrationnelles et passives, où l'action des journalistes et des médias se limite à la destruction de la vérité, au mensonge patent, à la perversion des faits et à la manipulation de la masse au service des puissances de l'argent, cette fiction montre comment la soif de profit, associée à la manipulation des moyens de communication dominants, peut créer une conviction mondialisée et trompeuse.

Loin de vouloir dresser ici, la liste des facteurs qui ont éloigné l'homme contemporain d'une certaine forme de vérité, elle propose une photo de ce que pourrait devenir notre monde si nous ne restons pas vigilants.

La montée en puissance des enjeux liés à l'environnement, et plus particulièrement à la ressource en eau potable, ne rend pas pour autant plus conscience sur ses responsabilités envers les générations futures la faible portion de l'humanité qui en a encore l'accès en quantité. Notamment nos élus de proximité !

Leur rôle restera prépondérant si nous voulons cesser d'être les outils obéissants des puissants qui tirent sournoisement les ficelles de nos vies.

Le maintien de l'accès à l'eau potable pour tous, face à la mondialisation et aux lobbies sera un des enjeux majeurs des prochaines années… qu'ils devront comprendre et gérer.

LE VOYAGEUR DES SOURCES

CHAPITRE I

… Eté 2029, haute Provence...

Timo agitait ses bras et jouait des poings pour repousser sa vision. La silhouette d'un homme d'une quarantaine d'années, se tenait dans le coin de la chambre, comme suspendue au plafond.
Seuls son buste et sa tête étaient visibles. Soudain, il s'était mis à avancer en souriant. A ce moment Timo se réveilla en sursaut, son corps était couvert de sueur. Il regarda partout autour de lui en se demandant où il était. L'observateur avait disparu. Le même cauchemar l'avait une nouvelle fois sorti de son sommeil agité.

Cette fois il y avait perçu plus de définition, il se souvenait des traits de cet homme à la chevelure épaisse, l'observant dans son sommeil, perché au-dessus du lit, contre le mur gauche de la chambre. Celui-ci, le regard bienveillant lui souriait, avant de lui envoyer une libellule qui tournoyait dans la pièce... Il sentait son cœur battre à tout rompre, et le fourmillement de la peur était encore bien présent en lui. Déjà, les traits de l'individu se dérobaient, et il ne se rappelait plus d'où celui-ci était sorti, ni quel était le contenu de son message, ni à quel moment de son rêve il était apparu. Comme à chaque fois, à peine tentait-il de se remémorer la scène, pour la noter, que celle-ci s'estompait. Ce n'était pas seulement un cauchemar, quelque chose devait s'être passé. Tout ceci devait avoir un sens. Mais lequel ?

Une soif ardente lui cuisait la gorge. Le corps brulant, il se mit à chercher du regard le verre d'eau et la boite de médicaments qu'il avait laissés à portée de main sur la table de nuit, à côté de la vieille radio. Sa jambe gauche soudain animée d'un ébranlement douloureux lui arrachait de petits cris et lui soulevait l'estomac. Il se saisit du dernier comprimé et l'avala avec un peu d'eau. Il s'essuya le front à l'aide d'un mouchoir et consulta la vieille pendule accrochée au mur. Si elle disait vrai, il devait être cinq heures quarante-cinq du matin, un peu tôt pour se lever...

Depuis son lit, il examinait la chambre, à peine éclairée par les quelques rayons de luminosité naissante qui filtraient à travers les persiennes. La pièce était spartiate, tristement décorée. Au plafond courait un maigre fil qui alimentait une ampoule unique. La porte faite d'un bois très mince, avec un dérisoire verrou qu'un coup d'épaule suffirait à arracher souffrait sous le poids des années et des claquements au vent. Les hautes cloisons de briques enduites de ciment, et recouvertes d'une tapisserie ancienne étreignaient encore davantage la perspective qu'il avait de son lit. Tout dans cette chambre lui semblait hostile, sans parler de cette vieille armoire dans laquelle personne n'avait jamais rien mis, qui lui faisait face, comme pour l'observer, avec son miroir au teint délabré. A côté d'elle, un petit meuble servait de support à un bassin et un broc d'eau pour se laver les mains, signe de la stagnation hôtelière qui frappait la vallée depuis toujours. Il observa avec attention l'image que lui renvoyait le miroir.

Du haut de ses dix-sept ans, il était devenu un élégant et athlétique grand jeune homme. Ses yeux noir intense pétillaient d'une chaude lumière. Son nez fin surmontait une moustache et une barbe de plusieurs jours. Sa fossette au milieu du menton, et sa grosse chevelure noire lui donnaient une empathie communicative lorsqu'il souriait. Il portait une chemise claire, et un pantalon gris.

Cette chambre impersonnelle, faite pour le voyageur d'un soir, meublée sans attention, dont les éléments hétéroclites ne se résumaient qu'à leur fonction, ne parvenait pas à lui procurer le réveil serein auquel il aurait pu s'attendre. Depuis combien de temps était-il là, il ne s'en souvenait pas, et n'était d'ailleurs pas certain de vouloir s'en souvenir. Pour l'heure, sa seule envie, maintenant que la douleur se faisait un peu oublier, fermer les yeux, et replonger dans l'obscurité qui était en lui. Trouver les réponses à toutes ses interrogations sur son passé et ses souvenirs effacés, sa mémoire vide. Remonter jusqu'à ce jour de sa vie qui marquait un avant et un après.

Peu à peu, la douleur se calma et le sommeil le prit à nouveau.

Il sursauta une seconde fois lorsqu'une voix féminine assez rauque cria en frappant la porte du poing,

- Hé, là-dedans, c'est l'heure, vous devez quitter la chambre ! Elle n'a été payée que jusqu'à aujourd'hui !

A ces mots, Timo se dressa, saisit à nouveau le mouchoir sur la table de nuit et s'essuya le front toujours trempé de sueur. La vie reprenait son cours, et les briques enduites de ciment laissaient filtrer les bruits du couloir, reflets d'un monde réglé et monotone, oscillant entre silences et répétitions sonores faciles à déchiffrer. Il ne cessait de sursauter, pourtant, que pouvait-il craindre d'un monde si régulier, si prévisible, même si l'ennui qui en découlait était mortel ?

Puis il s'attarda sur sa jambe, et la prothèse tibiale qui avait remplacé la partie inférieure de son membre. C'était là l'origine de ses souffrances et de ses insomnies. Son moignon, très enflammé laissait apparaitre une cicatrice encore très irritée et très sensible. Il se saisit de la prothèse et l'examina de près. Le manchon, utilisé comme interface entre la partie amputée et l'emboiture, censé assurer le confort et l'amorti nécessaire était en plastique rigide. Nul doute que ses douleurs étaient dues à une pièce inadaptée à l'activité physique à laquelle il avait dû se livrer.

Il enfila sa prothèse, se leva du lit et ouvrit la porte de la chambre.

- Madame, excusez-moi, je suis là depuis longtemps ? Dit-il en regardant la personne qui s'activait à organiser le balai des voyageurs libérant les chambres dans le couloir.

- Plusieurs jours, répondit la femme d'un ton sec. La chambre a été payée pour trois nuits, et trois repas plateaux, le délai est atteint reprit-elle.

- Payée par qui ? interrogea Timo.

- Est-ce que je sais moi ? rétorqua la femme en ajoutant :

- Probablement quelqu'un qui vous veut du bien !

- Merci, dit-il en retour, je vais libérer la chambre.

- Vous pouvez prendre votre temps, j'en ai plusieurs à faire avant celle-ci ! Mais vous êtes bien pâle, jeune homme, êtes-vous sûr que tout va bien ?

Il rassura la dame d'un sourire et d'un haussement de la tête. Il referma la porte et retourna s'asseoir sur le lit. Il vida une nouvelle fois sa panetière à côté de lui pour en inspecter le contenu à la recherche d'un indice.

De quelques gestes précis et bien organisés, il rassembla ses vêtements d'un côté, laissant apparaitre le reste du contenu du sac : une gourde, un nécessaire d'épuration d'eau pour la rendre potable, quelques médicaments, un carnet, un livre et un couteau dont il se saisit.

C'était un couteau à la lame forgée, légèrement arrondie, qui se refermait sur son manche, comme ceux que les bergers se fabriquent en Italie. Le bout du manche en corne était aplati et le tranchant impeccable. La lame usée par les affutages avait perdu sa courbe parfaite.

Puis, reposant le couteau, il ouvrit le carnet dans lequel était inséré un crayon, laissa filer les pages entre ses doigts.

Pour l'instant, le petit carnet dans lequel il s'était fixé pour mission de noter chaque détail qui surgirait de sa mémoire éteinte demeurait désespérément vide, mais tant pis il le conservait.

En feuilletant les pages blanches il se prit à rêver d'un temps où celui-ci serait rempli et où son occupation ne consisterait plus qu'à mettre les évènements dans le bon ordre. Il ne se souvenait pas de cet accident, de l'opération qui avait dû suivre, des dates des lieux. Il avait beau occuper tout son temps à se souvenir, et notamment ses nuits durant lesquelles la douleur le privait de sommeil, rien n'y faisait, sa mémoire était vide.

Il alluma la vieille radio sur la table de nuit, tourna la molette de recherche des stations, et s'arrêta sur une voix qui diffusait des informations. Le ton grave et solennel du commentateur l'interpella :

- « Voici la suite du bulletin d'information de L'Agence Internationale de l'Energie. Ce bulletin d'information destiné à la population est diffusé et mis à jour toutes les deux heures. Je laisse donc la place à notre correspondant qui revient sur les informations dont nous disposons à cet instant :

Des niveaux élevés de rayonnement ont été signalés par plusieurs pays. L'Agence a fait une demande officielle au cours des derniers jours afin de se faire une idée plus précise de l'étendue des régions touchées. Cette initiative conjuguée va permettre de mettre en rapport les différents résultats enregistrés. Lorsque les résultats seront recoupés, l'Agence établira des préconisations à destination des autorités nationales... Pour l'heure l'agence a reçu le soutien de vingt-trois états membres, et constate depuis ces dernières semaines que la contamination au sol est extrêmement irrégulière à cause des conditions météorologiques au moment de l'accident. En outre, en fonction de l'altitude, le nuage a favorisé le transport de de petites quantités de matières contaminantes.

Ce qu'il faut retenir, c'est que si juste après la catastrophe, le souci majeur était d'éviter l'absorption de radio iodes par la thyroïde, il faut maintenant mettre en place des moyens efficaces pour éviter l'irradiation interne due à la consommation d'eau et d'aliments contaminés...

De l'eau traitée continue donc d'être distribuée partout, et il est formellement déconseillé de boire de l'eau qui ne serait pas fournie par camion-citerne ou en bouteilles... ».

Il éteignit la radio pour ne pas céder au désespoir. Disait-elle la vérité ? La vraie, l'absolue ? Finalement, avait-il envie de la connaître ? Il lui suffirait amplement de parvenir à connaître la sienne. C'eut été là, déjà, une tâche considérable.

Il rangea ses affaires dans son sac, et se leva pour aller vers la fenêtre. A travers les persiennes entrecroisées, il apercevait une petite place et trois rues adjacentes. Il fronça les sourcils tant la luminosité le gênait. Sur le côté, il remarqua la petite fontaine de pierre usée par le temps sur laquelle une date indiquait mille huit cent quarante-six. Sans doute l'année de sa mise en place. Aucun filet d'eau ne jaillissait de son robinet, et une dérisoire planche de bois inclinée indiquait « en panne ». Il fixa un rapide coup d'œil sur l'horizon, et les montagnes au loin, avant de se concentrer sur les mouvements de la foule.

Des enfants, des femmes, des vieillards accouraient de tous horizons transportant des bidons qui semblaient tous avoir bien vécus. Ils se massaient sur la place du village, attendant l'arrivée imminente de quelque chose d'important, mais de quoi ? Des enfants se bousculaient, l'agitation était palpable. Des dizaines de regards convergeaient vers l'autre extrémité de la rue.

Dans quelques heures, le soleil se fera moins violent, se dit-il, en prenant un point de repère sur la montagne. Dès qu'il serait derrière ce promontoire, il pourrait se mettre en route, et gagner dans les hautes vallées, en suivant le lit de la rivière. Il ne savait pas pourquoi, mais c'était son objectif, son chemin, son aspiration. Quelque chose d'inexplicable l'attirait par là. Il n'obéissait plus qu'à cette volonté qui l'avait conduit jusqu'ici, comme malgré lui. Il était comme poussé par une force importune qui l'entrainait à son gré comme une anticipation de sa vie future. Il avait choisi de ne pas lutter, contre sa destinée, heureux de pouvoir la porter entre ses mains. Et puis il y avait dans les montagnes des troupeaux, avec de riches brebis au lait inépuisable, des fruits à cueillir, de l'eau, des plantes, il ne manquerait de rien dans la nature.

Soudain, le vacarme dans la rue s'amplifia.

- Il arrive, il arrive, s'élevaient des voix de la foule massée sur la place.

Ce devait être un personnage important qui honorait de sa venue la petite ville, se dit-il. A moins que le bourg, en ce début de saison touristique ne se prépare à l'inauguration d'un jour de foire ? Tous ces bidons que portent les gens seraient-ils des sortes de tambours ? Curieux, Timo attendait de voir ce personnage de marque qui arrivait. Des cris toujours plus nombreux fusaient de la petite place. Tous s'agitaient dans un désordre indescriptible.

CHAPITRE II

Quelques minutes plus tard, dans un grand fracas de klaxon, un camion-citerne fit son entrée. Ses gros pneus fendaient le sol en soulevant des trainées de poussière. Il avançait sans ralentir au milieu de cette foule, qui s'écartait au dernier instant dans l'imprudence générale au fur et à mesure devant lui. Il frôla la tête d'un jeune enfant. Une vieille dame s'était dressée face au colosse d'acier pour le faire stopper et tentait de négocier en levant ses bras. Pour l'écarter, le chauffeur jouait de l'embrayage de manière saccadée, imprimant à la cabine des à-coups. Celle-ci semblait bondir à chaque fois qu'il relâchait la pression sur la pédale.

Sur la citerne étaient perchés deux hommes armés de fusils. Ils observaient chaque côté du camion et mirent quelques coups de pieds aux plus effrontés qui essayaient de monter à son bord.

Cela semblait les amuser, ils portaient des pantalons de cuir, des bottes militaires, et un gilet de cuir noir leur faisait office de t-shirt. Ce n'étaient pas des policiers, mais plutôt une milice.

Sur le camion malgré la poussière, on pouvait lire en grosses lettres REVAU H2O GENO, ce qui semblait être le sigle d'une multinationale sérieuse.

Derrière le camion un Pick-up frappé des mêmes logos arriva et se positionna pour qu'aucun angle mort ne puisse échapper à ses passagers.

Debout dans la benne se tenait un homme au crâne rasé, au regard noir. Plutôt petit et gros, lui aussi était armé. Les autres l'appelaient Jak. Il était visiblement leur chef.

Un des deux hommes sur le camion, exaltait la foule et demandait de montrer des billets. Les gens s'exécutaient en brandissant à bout de bras des billets de banque. Puis il fit un signe à Jak attestant que les personnes avaient bien de l'argent pour payer.

Tous, attendaient l'ordre du chef.

Après avoir brièvement analysé les positions de chacun, il lança d'un geste de la tête le début de l'opération.

- On ouvre, dit-il.

Puis, en tapant sur le toit du Pickup, il hurla :

- Vous deux, allez faire le tri !

Les deux hommes du Pick-up sortirent aussitôt avec des armes pour opérer une sélection dans la foule et laisser approcher les personnes qui tendaient des billets avec leurs bidons, tandis que ceux sur le camion se mirent à les remplir. L'un d'entre eux apportait régulièrement l'argent prélevé à Jak, qui prenait les liasses à pleine main d'un air satisfait.

Les pauvres malheureux se frayaient un chemin à grands coups de coudes pour atteindre le camion et faire remplir leurs dérisoires récipients. Les norias se déroulèrent ainsi, un très long moment. Timo observait d'un air médusé la scène.

Soudain, Jak qui avait repéré que plus personne n'avait de billets, siffla et fit un geste en croisant les avant-bras. Aussitôt les autres fermèrent les robinets. Dans un élan de désespoir, les laissés pour compte se livraient à une bataille perdue d'avance pour s'approcher du camion sous l'œil amusé du chef des porteurs d'eau qui, de la benne de son Pick-up mâchouillait la queue d'un cigare en comptant les billets gagnés en rémunération du précieux liquide. L'eau ne coulait plus, et il sauta de sa benne pour venir d'un coup de pied, écarter un vieillard qui avait mis sa bouche afin de capter les quelques gouttes qui s'échappaient d'un robinet fermé. Comme pour affirmer sa supériorité et son mépris, il jeta son cigare au lieu d'impact des gouttes et le piétina d'un mouvement ferme de sa botte.

- Pas d'argent, pas d'eau, pas de profiteurs ici !

Le vieil homme, les larmes aux yeux s'écarta immédiatement en se protégeant la tête de coups éventuels. Jak affichait un large sourire.

- J'ai soif, dit-il à ses hommes, on va boire un coup, et on change de quartier ! La cuve n'est pas vide.

Le soleil, au zénith, n'éclairait plus que le dessus de la citerne, les rares projections d'ombre au sol ne permettaient plus de se mettre à l'abri de son rayonnement brulant. La foule se dispersait lentement, laissant apparaitre çà et là des échauffourées créées par des participants tentant de trouver un accord pour se partager un peu d'eau.

La ville angoissait Timo, mais après cette vision, il conclut qu'elle n'était définitivement pas humaine, que pour survivre, il devait la fuir.

Etait-ce pour cela que le Christ, Bouddha, Odon de Cluny, et tant d'autres avaient passé leur existence à marcher ? Larguer les amarres, marcher, dans ce monde devenu fou, était-il le chemin vers la vérité ? Et il en avait bien besoin de cette vérité. Le voyageur ne prend-il pas la route pour chercher avant tout son âme ? Et lui, parviendrait-il à quitter le pauvre être humain qu'il était pour retrouver ses pensées, sa mémoire ? D'où venait-il ? Il ne s'en souvenait pas. Où allait-il ? Il ne s'en souvenait pas davantage. Il allait devoir se concentrer sur chacun de ses pas comme si la morsure des cailloux sous ses semelles pourrait l'aider à retrouver le sens de sa présence ici.

Il se rappela des livres qu'il avait lus sur l'hérésie Cathare, ces fidèles à l'église des premiers temps qui avaient choisi de vivre pauvrement, dénonçant le luxe et l'inactivité du clergé. Ils furent persécutés, torturés, assassinés. Il repensa aussi à ces articles lus dans de journaux et qui l'avaient troublé, de Jean Paul II qui embrassait le Coran, de Benoit XVI allumant une Menorah, ce candélabre à sept branches des Hébreux et de François baisant la bague de Rockefeller après son ascension au poste suprême ! Ces gens étaient en définitive des défaillants, des usurpateurs, les chevaliers de l'apostasie. Ils avaient sacrifié l'église sur l'autel du libéralisme, du capitalisme, pour le confort de leur petite personne. Cette église des hommes, riche à milliards, qui se souciait bien peu des pauvres et des indigents, mais dont la fortune pourrait éradiquer deux fois la misère dans le monde ! Enfin, question de volonté et de priorités. Lui, qu'y pouvait-il ?

Timo vérifia ses poches, prit sa panetière sur le lit, passa un bras dans la courroie pour la mettre en bandoulière, se retourna pour s'assurer de ne rien oublier et quitta la chambre.

CHAPITRE III

Il emprunta l'étroit couloir encombré de chariots de ménage et de draps jetés à même le sol. Celui-ci était sombre et révélait des murs qui auraient eu besoin d'un coup de peinture. Dans l'embrasure d'une fenêtre fermée, il s'attarda sur des livres. La patronne s'en aperçut et l'autorisa à en prendre un ou deux.
- Personne ne les lit, alors si cela vous fait plaisir !

Il la remercia d'un geste de la tête, et en saisit deux.
Le vieux parquet de chêne craquait à chacun de ses pas. Il descendit l'escalier qui menait au rez-de-chaussée. En bas, une salle, bien tenue, plus moderne, faisait office de grand salon. Il y avait des canapés disposés en carrés, avec des petites tables, où l'on pouvait s'asseoir. Il repéra un vieux piano droit, et ne put s'empêcher de laisser trainer ses doigts sur le clavier qui émit quelques notes. Derrière le comptoir, une femme incitait les

participants les plus fortunés à payer une bouteille, en rangeant des verres. Il se dirigea vers elle pour la remercier.

Il entendit un bruit fracassant. La porte s'ouvrit et alla heurter violemment le mur. Deux silhouettes imposantes s'avançaient dans la lumière artificielle de la pièce. Il ne distingua pas tout de suite leurs visages, mais en s'approchant, il put détailler leurs traits. C'étaient les deux molosses aperçus sur le camion-citerne qui faisaient leur entrée. Ils étaient imprégnés d'une sueur rance. Leurs bras étaient couverts d'imposants tatouages. Le chef, Jak, suivait, toujours avec un gros cigare bon marché au coin des lèvres qui dispensait une forte odeur et un gros nuage blanc dans la pièce. Il hurlait qu'il avait soif et voulait une bière. A peine assis, ils interpellèrent des filles qui arrivèrent en affichant un large sourire. Pendant qu'elles approchaient, le chef fit ses remontrances :

- Je vous l'ai déjà dit, quand ils n'affichent plus de billets, vous fermez les robinets ! Si je n'avais pas sifflé, on n'en n'aurait pas vu le bout ! Et jamais on ne serait arrivés à temps pour la boire cette bière !

Ils se serrèrent un peu pour faire de la place aux demoiselles.

Des enceintes s'étaient mises à distiller une musique d'ambiance suffisamment forte pour masquer les conversations. Au fond, dans un coin, des filles très jeunes à la peau très blanche en petite tenue s'amusaient et parlaient à l'oreille avec des hommes d'âge mur en costumes. Leurs crânes dégarnis, sonnaient comme une mauvaise prose entre les rimes de la jeunesse des demoiselles dont la couleur de peau contrastait avec le noir des costumes de ces vieux pervers. Difficile de savoir si elles étaient là par choix, ou si leur pratique d'une sexualité vénale n'était que le triste reflet d'une pauvreté infâme. Il eut une brève pensée pour l'histoire de ces pauvres filles anonymes dont les trajectoires auraient sans doute mérité une page de son carnet, tant elles avaient, comme la sienne, pris des chemins différents de ceux qu'elles auraient dû être.

A son passage, ils dévisagèrent Timo comme si sa présence les dérangeait ! Sous le poids de leurs regards insistants, les filles, les décorations, la musique, tout parut soudain s'effacer. Mais sa route était longue, il avait bien mieux à faire, et il baissa les yeux, faisant mine de ne leur prêter que peu d'intérêt. Cela fonctionna et les autres reprirent leurs conversations.

Ces rodomonts les palpaient dans leur chair comme si elles n'étaient que de la viande, étalant aux yeux de tous la caricature déformante de leur activité.

Timo observait du coin de l'œil en avançant tout ce petit monde. Arrivé au comptoir, il posa sa clé près de la caisse dans une petite panière d'osier. La patronne lui fit un sourire, il la remercia et il se dirigea vers la sortie.

En arrivant devant la porte, il tourna une dernière fois la tête, mais la tenancière affairée à promouvoir son commerce, ne le remarqua même pas, et il sortit dans l'indifférence générale.

Il était encore tôt pour se mettre en chemin, le feu des rayons du soleil était encore trop ardent. Pour patienter, il fit un petit tour entre les ruelles de la ville afin de profiter d'un peu de fraîcheur. Il passa un moment à observer les allées et venues des habitants. La bourgade, située sur la rive droite de la rivière, était faite de nombreuses rues très étroites et pentues. Ses maisons anciennes dégageaient un certain charme. Sur la place, se tenait un vieux clocher solitaire, seul vestige d'une ancienne église, démolie pour créer de l'espace. Au bout d'une ruelle, sur les hauteurs, il pouvait apercevoir une chapelle, perchée sur un tertre rocheux. Elle dominait une large plaine, plantée d'arbres fruitiers. Sur une autre place, il se rapprocha d'un cadran solaire. Celui-ci, non orienté au sud, ne permettait pas une lecture directe de l'heure, il resta un long moment à se demander comment interpréter l'ombre portée de l'aiguille sur le dessin sans y parvenir. En entrant dans une rue très fréquentée, en s'approchant du tumulte, il fut pris d'une pulsion d'affolement. Il savait d'avance que rien de constructif ne naitrait de ce bain de foule. Il n'y voyait qu'imperfections. Il portait une attention particulière sur les vêtements qu'arboraient les gens autour de lui. Il ignorait pourquoi, mais fut saisi par ce contraste qu'il trouvait entre les costumes que tous ces gens portaient, très chers, essentiellement des grandes marques, comme pour dissimuler qu'en dessous se cachait quelque chose de hideux dans leurs vies.

Il fut bousculé plusieurs fois par des individus qui ne prirent pas la peine de s'excuser, comme si cela était normal. Des enfants hurlaient, tripotaient tout, sans que les parents n'y prêtent aucune attention. Des femmes court-vêtues se promenaient la poitrine gonflée en avant… Des hommes accompagnés, visiblement séduits, les regardaient non sans une certaine envie…

Quel animal particulier que l'homme, se dit-il !

Et dire que c'est lui qui dans son grand désarroi cérébral domine le monde ! L'amour dépeint dans les poèmes et les chansons depuis des siècles, comme une chose extraordinaire qui serait liée à l'éternité lui apparaissait au bout de ses limites. Serait-ce un autre de ces nombreux artifices inventés par l'homme ?

Une pensée prit le dessus sur toutes les autres. Il aurait tant aimé retrouver avec un autre ou une autre toutes ces conversations qu'il entretenait seul avec lui-même. S'il avait rencontré une telle personne, eût-il pu dire qu'il aurait trouvé là sa personne idéale, son âme sœur ? C'était quoi une âme sœur ? Non, cela devait être bien plus, une âme sœur ne pouvait se réduire à une association parfaite, elle devait aussi aider l'autre à abattre les murs qui l'encloisonnaient pour l'aider à changer les choses dans sa vie !

Le choix de s'éloigner de la dissonance de ce monde s'imposa à lui pour réfléchir. Enfin, il trouva un banc dans une ruelle ombragée. Assis il attendait que le soleil décline encore un peu. Il sortit son carnet pour y noter quelques réflexions.

Face à lui, derrière un mur de pierre, se tenaient des arbres fruitiers prêts à offrir leurs fruits avec avance. Quelques lourdes branches s'avançaient au-dessus du trottoir. Il tendit le bras et s'en saisit de deux ou trois qu'il glissa dans sa panetière d'un air satisfait.

CHAPITRE IV

En fin d'après-midi, le clocher de l'église sonna cinq coups, signe qu'il était temps de se mettre en chemin. Il se refusait de marcher le long de la rivière polluée où ne coulait plus qu'un fil d'eau à l'odeur fétide. Le spectacle malheureux de tous ces gens malades d'en avoir consommée le dévastait. Il opta pour un parcours en hauteur. Il prit un sentier serpentant dans des terres grises, une zone d'érosion de laquelle s'élevaient de grandes cheminées à l'équilibre fragile, surmontées de cailloux en forme de chapeau. Sans ces cailloux, probablement auraient-elles cédé elles aussi à l'usure du temps remarqua-t-il ! Plus loin, les chemins traversaient des forêts de pins qui offriraient un ombrage naturel et rendraient la progression moins pénible. De plus, il aimait sentir la bonne odeur de la résine chaude. Et puis à cette heure, il aurait le soleil dans le dos durant sa progression, il pourrait donc profiter de la luminosité sans être gêné ! Il avançait ainsi seul, sans croiser personne, et cela lui convenait parfaitement. Le chemin de terre qui avait dû être autrefois emprunté par les habitants des métairies avait été partiellement reconquis par la nature. Les herbes folles semblaient vouloir venir à bout des abords, tandis que la piste laissait apparaitre de grosses pierres et de profondes ornières.

Il marcha jusqu'au soir et arriva devant une ruine en contrebas.

L'endroit était joli et il décida d'y faire halte pour la nuit. Il trouva un fil de fer, confectionna un collet avec un nœud coulant. Il s'assura du bon fonctionnement du piège en tirant dessus avec une branche, et chercha un emplacement pour l'y installer. Il repéra ce qui semblait être une vieille barrière de bois délimitant un ancien potager. L'herbe y était tassée, indiquant un lieu de passage. Il disposa soigneusement l'anneau entre deux planches et fixa l'autre extrémité à un poteau. Avec un peu de chance, le temps ferait le reste ! Puis il se mit en quête de bois pour faire un feu. Autrefois la maison avait dû recevoir de nombreux occupants tant sa surface était grande. L'activité devait y être intense. Etait-ce parce que cet endroit se trouvait à l'écart des grandes voies de communication que ses occupants l'avaient déserté ? Ou pour une autre raison ? Aujourd'hui, elle ne semblait plus appartenir à personne. Elle n'avait ni toit ni portes. Dans les pièces dévastées, jonchées de poutres de bois et de débris, il trouva quelques bardeaux qu'il rassembla pour en faire une couche. La ruine se trouvait à quelques encablures au-dessus du lac. Les lumières de la ville qu'il venait de quitter s'étendaient en bas. En cette fin de journée, elle semblait, vue d'ici, en bonne santé, pleine de vie, comme si la scène nécrotique à laquelle il avait assisté de sa fenêtre de chambre n'avait jamais existé. L'indifférence générale dans laquelle tout ceci se déroulait était féroce. Tous ces gens, privés de la matière première la plus essentielle à la vie, et qui pourtant continuaient à s'agiter dans une société qui s'affaiblissait à vue d'œil ! On cédait à des besoins futiles, on vivait avec un portable collé à l'oreille pour ne rien raconter, mais pour conclure qu'il fallait se hâter de jouir de la vie en s'abandonnant mollement au courant du fleuve qui emportait les hommes, les institutions, les libertés, l'ordre social et probablement les pays tout entiers.

Quel était donc cet être de raison que l'on nommait société ?

Pendant que les hommes les plus éminents se consacraient à la politique, à la législation, à l'enrichissement personnel, dans un contexte dépourvu de vérité morale, la masse assoupie et somnolente n'avait plus que deux uniques objectifs, consommer et se distraire... Quelle grande victoire pour ceux qui menaient le monde ! L'indifférence générale leur permettait tout ! Les déviations, les exactions les plus sordides.

Le désintérêt, le défaut d'observation, d'analyse, l'inattention générale avaient lentement mais très surement glissés leurs chevaux de Troie dans une société malade. Mais qu'avaient-ils donc consommé pour ne plus ouvrir les yeux sur leurs vies ? Comment était-il possible qu'ils ne se trouvent pas à l'étroit dans ce moule spécialement élaboré pour eux par d'autres? Combien faudrait-il d'individus, qui, comme lui, refuseraient cette tutelle pour que la vérité soit connue et acceptée de tous ? Au fond, chacun, individuellement n'avait-il pas le devoir de faire tout ce qui dépendait de lui pour que la société de la masse des hommes puisse examiner, juger et décider d'accepter ou de refuser ce qui engageait son avenir ? Tout ceci avait été rendu possible grâce à que ce que l'on nommait société, mais qui avait été voulue et pensée pour n'être en fait plus qu'une agglomération d'individus sans aucun lien social, avec des opinions opposées mais que chacun considérait comme des vérités bien réelles. Des gens réunis dans une course au matérialisme, dans la négation du raisonnement réel, de toute liberté, de la vérité du monde, du bonheur, de l'humain ! Une société sans libre arbitre. Une cage géante.

Le grand air et toutes ces réflexions l'avaient fatigué. Fuir la ville pour se retrouver dans la nature était comme un cadeau. Débarrassé de sa prothèse, il avala le maigre morceau de casse-croûte qui lui restait, remit du bois sur le feu, et se planta le nez dans les étoiles. La douleur le tiraillait et il s'endormit tard.

Au petit matin, il fut réveillé par les rayons du soleil qui entraient de toutes parts entre les vieux murs. Les chants des oiseaux étaient magnifiques. Il s'émerveilla de cette nature abondante, qui, pour un homme à l'œil et la main habiles, permettait de trouver l'essentiel sans se soucier d'argent ni avoir peur du lendemain. Il avait confiance en ses capacités pour vivre sainement et simplement au milieu de tout cela. L'avait-il déjà connue, cette vie de nomade en harmonie avec la terre ? Il savait parfaitement pourvoir seul à ses besoins, sans aucune aide de la société. Une bouffée d'enthousiasme l'envahit.

A l'horizon une immense lueur rouge éclairait peu à peu les montagnes encore frileusement endormies. Ces petits matins étaient parmi les moments qu'il affectionnait le plus. Il sauta de son lit de fortune pour aller inspecter le collet. Un beau lapin, non un lièvre en avait fait les frais. Il le remercia, puis le détacha, le mit dans sa panetière. Il récupéra le piège qui avait donné le résultat attendu. Il vérifia ses affaires et reprit ainsi le cours de son voyage.

En marchant, en dormant, en s'alimentant seul, au cœur de la nature, il sentait s'animer en lui toute l'insondable force qui l'avait toujours habité. De sa position dominante, il voyait quelques villages, la route, le lit de la rivière polluée, où ne coulait plus qu'un fil d'eau jaunie. Sur les abords du lac, derrière de hautes clôtures s'étaient improvisés des campements de fortune. Mais il préférait se concentrer sur les magnifiques clochers dont les bourdons ou angélus lui donnaient des indications précises de l'heure, et rythmaient ses journées. Le spectacle de ces villages le désolait. On y manquait d'eau de fontaines, on y était réduit à boire l'eau des camions citernes pour les plus pauvres et de l'eau en bouteilles pour les plus riches. Comment au milieu d'une telle beauté, pouvait-on accepter de vivre de la sorte ? De nombreuses questions l'assaillaient. Comment ce monde avait-il pu basculer ?

Vers où le dirigeaient ses pas ? Avait-il peur de l'inconnu ?

Il ne possédait rien. Comment pourrait-il avoir peur de l'inconnu, ou de changements dans son existence ? Au contraire, il avait fait le bon choix, car le pire n'était-il pas de s'enliser dans son quotidien ? De voir inlassablement se répéter les mêmes journées, d'empêcher tout changement sous prétexte de vouloir protéger une certaine sécurité ou stabilité ? Même si une certaine routine permettait de vivre paisiblement, il ne le contestait pas. Mais la routine c'est quand on tient à ce que l'on a ! Lui n'avait rien ! S'il devait se poser honnêtement la question, qu'était devenue sa vie ? Qu'avait-elle été avant ? Quand et comment avait-elle basculé ? Il ne possédait aucune réponse. Seule cette irrépressible envie d'avancer et de voir ce qu'il y avait là-bas, derrière ces montagnes le poussait. Marcher lui permettait de découvrir à quel point il vivait dans un conflit intérieur fait de colère, de doutes et de questions. Pourtant, marcher lui enlevait ses peurs, il les analysait avec détachement, s'en suivaient des décisions bien mieux orientées. Quand on ne possédait rien, au fond, l'échec n'existait pas ! Il n'y avait que des leçons et des enseignements qui servaient pour l'étape suivante.

On pouvait lire dans son carnet : « Ici, en observant, à chaque évènement, j'apprends, il n'y a pas de place en moi pour la frustration face à ceux que d'autres pourraient nommer difficultés de l'existence. Je marche ainsi, je ne sais où, mais le chemin accompli m'amène vers mon potentiel, vers ma destinée. Car chaque jour m'appartient, et peu à peu je grimpe sur les sommets de mon néant. Je ne souhaite qu'une chose, c'est de voir se matérialiser dans ma mémoire tout ce qui m'a conduit à être là, à être qui je suis. Chaque jour est une page blanche que je décide de remplir. Pour cela, j'ai une richesse illimitée : ma liberté. En dépassant l'esclavage de cette société faite d'argent et de faux besoins matériels, je rejoins l'essentiel, ce moi profond dont je ne sais rien, mais je sens qu'il est là et m'indique la route de sa découverte. Bien mieux qu'une vie fortunée, je sens qu'un destin m'appelle, un destin où je vais mettre à profit mes talents innés, et je sais que j'en serai infiniment rétribué. Ce sera pour moi la source de ma plénitude. Il m'appartient de résoudre ce conflit intérieur et de savoir découvrir qui je suis, pourquoi je suis là aujourd'hui. A chaque pas que je pose sur ces chemins, mes idées s'éclairent sur ce que je veux, et ce dont je veux me séparer. Il ne reste plus qu'à retrouver ce qui est enfoui dans ma mémoire pour faire la paix. Pour cela, je dois explorer avec détermination chaque détail qui me revient, sans me soucier du reste. Sans me laisser distraire de cette priorité. Le jour viendra où l'ordre se fera. C'est en suivant ce courant intérieur d'images et de morceaux de souvenirs que je vais acquérir la clarté de ce sur quoi je dois me focaliser. Et tant pis si cela peut prendre du temps, j'en ai beaucoup ! Même si cela est difficile, je dois m'y astreindre et ne pas fuir une pensée lorsqu'elle apparait. Dans ce terrain peu fertile qu'est ma mémoire, la marche ressemble à un méticuleux travail de jardinier, qui entretient, arrose, taille, et façonne... Et ce jardin confus, ne peux que devenir un verger donnant plus de fruits chaque jour. Pour l'heure, je sais qu'il m'est possible en restant concentré sur cet unique objectif, tous les jours de récolter un peu de ces fruits, en attendant de franchir le grand pas, celui où toute la récolte s'offrira à moi. Je ressens que ma vie mérite que je consacre toutes mes journées à en chercher le sens. Je veux continuer à marcher vers moi, vers elle. Et tout cela ne peut se faire qu'ici, dans cette vraie nature, grandiose et seul, où s'expriment pleinement les sentiments, les émotions et les intentions. Je me donne pour mission de réclamer chaque jour un fragment de cette mémoire passée, source de ma guérison. Car il existe bel et bien un lien entre ce que je suis en train de devenir et cette force qui me pousse sur ce chemin qui use mes semelles...».

Le soir du troisième jour, il arriva sur les hauteurs d'une petite bourgade, aux portes de la haute vallée.

Les notables de l'époque, afin de satisfaire autant leur égo, que leur besoin d'identité, l'avaient voulue et pensée pour être le chef-lieu de toute une zone géographique, s'étalant le long du lit de la rivière, du lac jusqu'à l'origine de ses affluents.

Ils ne se doutaient pas que ce choix allait sceller à jamais le destin de toute une vallée. Car, pour exister en tant que ville, et garantir son développement, elle avait dû s'attacher à détricoter tout ce qui existait autour d'elle, en récupérant tous les maillons d'un service public, et autres commerces, qui existaient, de fait, tout autour. Il fallait invoquer ainsi les nombreuses fermetures d'écoles, de perceptions, de recettes des impôts directs, de services divers et variés. Mais aussi d'autres domaines impactés, comme les églises, les études notariales de village, certains commerces. Toute une armature de services villageois avait sacrifié sa vie, pour donner naissance à la sienne. A cette disparition quantifiable, devait s'ajouter le déclassement des zones vidées : ici, une école d'importance était devenue à classe unique, obligeant les villages à se restructurer entre eux, là, la poste devenue simple recette où le service ne pouvait être ouvert plus qu'un jour par semaine,... Comble d'ironie, le seul bourg d'importance qui aurait pu résister, avait fait le choix de compenser en se tournant vers la création d'une maison de retraite, sans voir ni comprendre que ceci accréditait plus encore, l'image locale d'un village moribond. Il fallut des années pour tenter d'inverser cela. Mais dès lors, les déplacements pour satisfaire les besoins les plus courants et les plus ordinaires, ne cessèrent de se multiplier et de s'allonger pour les gens des villages pénalisés.

Malgré tout, ne réussissant pas à séduire beaucoup de nouvelles âmes, pendant ce temps, la ville végétait, s'endettait, alors que les vieilles rancœurs animaient les esprits.

La solidarité comme la vigne portaient des fruits qui murissaient mal ici. Et insidieusement, s'était installée une fracture entre le chef-lieu et les communes alentours.

Cette ambiance particulière, avait conduit à institutionnaliser même entre habitants des comportements, presque génétiques, qui rendaient impossible toute solidarité, toute empathie. Une certaine cyclothymie ambiante s'était banalisée. Insondable pour le nouveau venu.

Et les maladresses et parfois l'arrogance des élus successifs de la ville ravivaient les jalousies, et n'avaient pas rendu possible l'indispensable tissage de ce fil qui rassemblait les individus en des égrégores communs. Un comble, pour cette vallée qui se vantait de la réussite de certains de ses fils qui avaient émigré au Mexique, imposant leur savoir-faire en matière de tissage et de textile ! A croire que l'intelligence commerciale s'en était allée avec eux !

Dès lors, vouloir y être élu, c'était se mettre dans la peau de ce capitaine de sous-marin qui se prend pour un chef de guerre, alors que son navire est en chute libre…

La nuit commençait à tomber, et il décida de descendre vers la civilisation. Il remarqua une petite auberge aux portes de la bourgade, comme oubliée dans un quartier devenu résidentiel. Ce lieu hors du temps l'inspira et il frappa à la porte. Le patron étonné de voir apparaitre un visiteur sans réservation en cette période l'interrogea sur ce qui l'amenait ici. Il lui expliqua que l'établissement ne recevait que des habitués, cherchant surtout un bon prix, et ne voulant pas se faire abuser au centre-ville par des enseignes plus flatteuses mais à la qualité et l'hygiène discutables.

Il troqua le gîte et le couvert auprès des tenanciers de la petite auberge, en échange du beau lièvre pris le matin même au collet. Il allait assurément faire un excellent repas pour les clients, assura la patronne. Les propriétaires, des gens gentils, lui rapportèrent leurs difficultés, et reconnurent qu'il n'existait pas de remède miracle pour se sortir de cette nouvelle crise, tant chaque cas était unique. Mais une société où le bonheur individuel n'était plus présenté comme un objectif, semblait être malade. Enfin, ce n'était pas à leur niveau que tout cela se décidait de toute façon, et il ne fallait pas non plus compter sur les élus locaux pour trouver des solutions.

- Lorsqu'ils sont en campagne, ils disent tous des vérités, puis lorsqu'ils sont élus, on ne les voit plus, et ils ne font rien ! La place est bonne ! S'exclama la patronne.

Puis elle reprit :

- La vérité c'est que la vallée est en train de mourir ! Ah, ce n'est pas nouveau, mais là, on touche le fond ! Reprit-elle.

- Songez donc qu'en un siècle, la vallée a perdu plus de soixante-dix pourcent de sa population. Et savez-vous pourquoi ? Je vais vous le dire moi pourquoi, c'est parce que l'intérêt personnel est toujours passé avant l'intérêt collectif.

- Allons dit le mari, un peu gêné, tu ne vas pas ennuyer notre jeune ami avec tes états d'âme.

Il lui proposa de le conduire à sa chambre pour y déposer ses affaires.

- Vous pouvez vous reposer un moment avant de descendre pour le repas, ajouta-t-il.

Timo ne se fit pas prier et gouta immédiatement les joies d'un bon lit. Il crut s'endormir même. Puis pensant qu'il était très tard, il descendit vers la salle à manger. Le repas avait commencé pour les clients de l'auberge qui préparaient bruyamment leur programme du lendemain.

La patronne invita Timo à s'asseoir à une table près de la cheminée où le couvert était dressé pour une personne.

Après un bon souper, composé d'un potage aux légumes, d'un rôti de mouton, et de fromage de chèvre, il avala d'un trait le canon de vin que contenait son verre. Il s'apprêtait à quitter la table lorsque le patron l'interpella :

- Vous prendrez bien un petit remontant !

- C'est que… Je n'ai pas l'habitude.

- Ca ne peut pas faire de mal, c'est naturel et fait maison. Se vanta-t-il en souriant.

Il revint quelques instants plus tard avec une bouteille au liquide teinté de vert, et deux petits verres. Le sourire qu'il affichait en disait long sur la satisfaction qui était la sienne de faire découvrir son breuvage à ce nouveau visiteur.

- Vous m'en direz des nouvelles, c'est du noir, le meilleur ! Mais il est de plus en plus difficile à trouver à cause des clôtures qui empêchent l'accès aux sommets des montagnes, dit-il.

Timo qui n'avait aucune idée de ce dont l'homme parlait resta souriant en le regardant verser le précieux contenu dans les verres.

- Allez, à notre santé, lança-t-il, en levant le bras vers le plafond.

Timo l'imita et porta le verre à ses lèvres. Il toussa.

- C'est fort articula-t-il péniblement en se raclant la gorge.

Le patron éclata de rire et tira la chaise pour s'asseoir face à Timo.

- Dites ne faites pas attention à ce que vous a dit ma femme tout à l'heure sur la politique.

- Pas de souci, objecta Timo, j'aime comprendre, je voyage seul, mes rares distractions sont la lecture, alors un peu de contact et d'échange sincère me font du bien.

- C'est une fille de la vallée. Elle en a vu défiler des évènements et des gens ! Pour en revenir à ce qu'elle vous a dit, elle n'a pas tort, mais elle devrait savoir à qui elle a affaire avant de parler comme cela.

- Je comprends, mais vous n'avez rien à craindre de moi, je ne suis que de passage, je suis un éclopé sans mémoire.

Tous deux sourirent.

- Mais je sens que vous voulez m'en dire un peu plus sur les conditions de vie ici, sur la vallée, et j'aimerais connaitre votre avis, reprit Timo.

- Ah, il y aurait beaucoup à dire, et je ne sais par où commencer. Savez-vous que la population de la vallée a été considérable autrefois ? Plus de dix-huit mille habitants au début du dix-neuvième siècle. Elle représentait plus de dix pourcent de celle de tout le département. Et puis on a créé la ville, le chef-lieu… au détriment de tout ce qui existait autour. La perte de population des villages et hameaux fut considérable. On avait changé sans le savoir la structure de la vallée. Pour ceux qui restèrent isolés dans leurs villages, l'absence de vie sociale, l'isolement compliqua tout. Et peu à peu, la vallée s'est vidée de sa substance humaine. Composée d'une population vieillissante et privée par l'émigration de ses éléments les plus jeunes, les plus dynamiques et les plus entreprenants, elle se nécrosait. Ceux qui restèrent semblaient résignés à une décadence apparaissant d'autant plus irrémédiable que rien n'était entrepris collectivement pour la conjurer. Nos élus ont donc fait le choix du tourisme d'hiver. Oh, cela a bien fonctionné pendant un temps, mais on est restés trop enclavés pour s'ouvrir vraiment. La vallée n'a en fait jamais rien offert qui puisse retenir ses enfants : ni ville véritable, ni industrie, ni infrastructures modernes.

- Mais alors pourquoi ne se passe-t-il rien ? Questionna Timo.

- L'absence de résultat économique et humain, justifie le sentiment sans appel qu'il ne se passe rien, ou pire que la vallée régresse ! Sauf pour un monde de petits élus, clos sur lui-même, et qui sur le fond ne dirige pas grand-chose mais s'agite. La violence de cet échec est aggravée par la situation géographique, et le choix permanent de la « non communication autour des sujets importants ».

Dès lors, les habitants sont renvoyés à l'unique rôle de spectateurs passifs qui ne voient rien venir. C'est là la source de la critique.

Réduite à la dépense, l'action publique est à bout de souffle en termes de moyens comme d'efficacité. A tous les niveaux, les preuves s'accumulent, et ne sont même plus contestées.

Convaincus de ne rien pouvoir changer, les dirigeants qui se succèdent depuis longtemps, s'efforcent de faire « bouger » les choses très en douceur, comme avec la peur au ventre : gouverner n'est plus choisir, mais éviter de le faire, sauf dans certains domaines où l'intérêt personnel se conjugue avec l'intérêt privé ! Dans leur esprit, la façon de décider, c'est concilier, copiner, ne jamais choisir : le risque d'exclure ou de déplaire ne pouvant être assumé dans ce vase clos. Mais le bénéfice n'est qu'immédiat, car s'il ne procure nul affrontement avec personne, les coûts de cette inaction, de ce non choisir sont différés. Si d'autres personnes ne viennent pas pour solder les comptes en faisant preuve de courage et d'audace, cela perdurera. Pour autant, ce coût différé existe bel et bien, et plus on attend, plus il sera élevé !

Car le prix de ne pas choisir, c'est la dette ! D'énormes emprunts pèsent sur les habitants.

C'est pour cette raison qu'il ne se passe rien.

Ah si, on lance des études, on paie à prix d'or des cabinets d'audit ou d'ingénierie, dont on ne suit pas les consignes... On paie également à prix d'or des gens dont on ne comprend pas la mission... qui n'ont aucune obligation de résultat... Notamment au niveau de l'office du tourisme ! Et la seule mesure prise, la seule continuité dans l'action publique reste celle de la dépense. Elle satisfait les élus d'autant plus facilement, qu'elle n'est assortie d'aucune exigence en matière de créativité, et elle calme un certain public, dans l'incapacité de remettre en cause des fonctionnements érigés en méthodes depuis trop longtemps. Oui, le refus de choisir et d'agir prend ici sa forme la plus insidieuse : la recherche du consensus à tout prix.

Car changer, oui, mais cela ne serait possible qu'à deux conditions :

- La première serait d'accepter de payer le prix maintenant pour que cela aille mieux demain.

- La seconde est que tous les intéressés fassent ce choix, ce qui sous-entend une grande solidarité.

Ici, plus qu'ailleurs, une telle maturité collective n'est pas une hypothèse raisonnable. Je me demande si l'alternative facile qui consiste à ne rien faire, au fond, ne convient pas mieux au plus grand nombre ?

Depuis des années, le choix s'est porté sur le « tout ski », qui offre des emplois saisonniers en hiver, agrémenté de petits boulots d'été pour nombre d'habitants. Mais sans eau, sans neige, les touristes se font moins nombreux. Lutter contre l'engrenage de ce système rendrait très difficile l'insertion de trop de gens dans le monde du travail et dans cette société endogamique et absconse.

La question est : Qu'est-ce qui peut changer si tout ne change pas ?

En plus, maintenant depuis que nos élus ont vendu notre eau, je crois que nous sommes définitivement sur la mauvaise pente. Et nous le méritons, nous sommes les fils de ceux qui n'ont pas osé.

Le patron sur ces mots eut un moment de recueillement. Puis apparemment gêné de ces révélations, il s'excusa de devoir aller aider son épouse en cuisine. Timo quitta silencieusement la salle à manger et regagna sa chambre.

Le lit était excellent, tout comme le génépi. La tête lui tournait et il ne fallut pas longtemps pour qu'il s'endorme. L'alcool l'avait comme anesthésié, et il ne fut pas dérangé par la douleur de sa jambe.

Le lendemain, à six heures trente, après une bienfaisante nuit de repos, il gagna la cuisine où la patronne faisait chauffer le café. Après l'avoir chaleureusement remerciée, il effectua son réapprovisionnement en eau, rassembla ses affaires et se remit en route. Il maintenait sa volonté de marcher sur les hauteurs, le spectacle des gens au bord de la rivière mendiant de l'eau potable lui était toujours aussi insupportable.

Il cheminait donc sans but, cédant à cette force qui le poussait, en observant la nature qui l'entourait. Il remarqua de magnifiques petites fleurs bleues herbacées à cinq pétales, à tiges courtes. C'étaient-elles que les francs-maçons allemands avaient choisi d'arborer au rebord de leurs vestes, en signe de reconnaissance sous le régime nazi, lorsque leurs attributs traditionnels, trop explicites étaient devenus dangereux. Plus près de nous, ces fleurs discrètes s'étaient faites porteuses de puissants messages de liens d'amour qui résistent au temps et à la mort, symboles des malades d'Alzheimer, des enfants disparus ou encore du génocide arménien. Il constata une étrange familiarité avec d'autres un peu plus grosses de couleur rose. Sans doute appartenaient-elles à la même famille, et c'était probablement la nature du sol qui permettait cette variation. Ou bien n'avaient-elles aucun lien ? Le créateur accordait-il parfois une place à l'improvisation ? Il remarqua que les fleurs de fraisiers sauvages avaient aussi cinq pétales, ce qui l'amena à réfléchir sur le rapport du nombre cinq à la nature. Il fit l'analogie avec ses cinq doigts, et cinq membres, même si le concernant le chiffre était discutable. L'homme n'était-il pas également connu pour posséder cinq sens ? Il coupa sa pomme en deux, et vit qu'elle avait cinq pépins ! Décidément ce chiffre cinq faisait référence à la création. Il y trouvait une notion d'esthétisme. Il passa le reste du chemin à décoder le chiffre cinq dans tout ce qui l'entourait. Il notait ses réflexions dans son carnet.

Il surplomba un premier village doté d'un magnifique couvent, le premier que fondèrent les religieux Trinitaires en Provence, en hommage à leur Saint Patriarche, originaire du lieu. Ce Saint homme avait fondé cet ordre afin de racheter des esclaves chrétiens ou de les échanger contre des musulmans que des années de croisades avaient multipliés le long des rives de la méditerranée.

Là encore, l'histoire mentionnait que lorsque l'archevêque d'embrun avait notifié sa permission d'ériger le monument, le père supérieur du couvent Dominicain de la ville, qui ne supportait pas de perdre son hégémonie, écrivit à Rome pour faire rappeler à l'ordre l'archevêque, et annuler toute affaire cessante cette construction, craignant qu'elle ne lui fût nuisible. Les travaux de construction furent bloqués durant sept ans.

Il chemina ainsi toute la journée au milieu des mélèzes qui avaient supplanté les pins, ne faisant qu'une très brève halte pour avaler un morceau. La beauté des paysages le subjuguait. Parfois il marquait une courte pause. Il se couchait nonchalamment sur l'herbe pour jouir d'un instant de repos en contemplant les montagnes et les fleurs qui l'entouraient. Il notait des réflexions dans son carnet : « Seul l'oubli de la destination permet de profiter de la joie du parcours. Se mettre en route, tel un voyageur, et oublier d'arriver, n'est-ce pas là la source de la joie ? Car une fois parvenu à destination, que se passe-t-il ? Personne ne sait où et quand le voyage s'achèvera. Le délice n'est-il pas de se consacrer entièrement à la beauté du chemin à explorer ? ».

Le soir, il descendit vers une petite ville située sur la rive droite du lit de la rivière. Elle occupait une plaine exposée au midi. Les montagnes quoi que plus hautes y étaient moins resserrées qu'en tout autre endroit qu'il avait parcouru jusque-là. Les maisons, bien bâties avaient toutes un jardin. Elles n'avaient rien à envier à celles du chef-lieu. Les grandes façades de pierre s'étiraient majestueusement le long de la route principale.

Çà et là il apercevait de nombreuses habitations, d'anciens casernements et il repéra un possible campement pour la nuit, à proximité d'un clocher dressé seul sur un promontoire, près d'un grand mur entourant un cimetière. Il était le seul vestige du château qui servait jadis à protéger les habitants du petit bourg régulièrement dévasté par les inondations des six cours d'eau qui le traversaient. Aujourd'hui, ils s'écoulaient tous au travers de gros tuyaux métalliques.

Parvenu au sommet, il trouva un banc et décida de s'y étendre pour la nuit. Il posa la tête sur son sac. Allongé, il observait le velours sombre de ce ciel éclairé de millions de petites bougies. Nulle part ailleurs, il n'avait observé un ciel aussi pur, et n'avait ressenti cette sensation d'infini de l'univers. C'était une chance de pouvoir le contempler. Les pensées s'étaient estompées, la fatigue avait eu raison d'elles. Malgré la douleur, il s'assoupit.

Il fut réveillé en sursaut par les phares d'une voiture qui venait droit vers lui. Le véhicule s'immobilisa, et un homme descendit. En se rapprochant, semblant le reconnaitre, il s'écria :
- C'est Timo, il est de retour.
Surpris par cette remarque, le chauffeur descendit à son tour du véhicule et se rapprocha.
- Qui es-tu, c'est quoi ton nom ?
Timo, à peine réveillé, ne comprenant pas ce qu'ils lui voulaient les regardait d'un ait ébahi. Il forçait pour

maintenir ses yeux ouverts à cause de la luminosité des puissants phares du véhicule.

- Je suis un voyageur, j'ai eu un accident, j'ai perdu la mémoire... Et vous, qui êtes-vous ? Que me voulez-vous ? Je n'ai pas d'argent si c'est cela que vous cherchez !

Les deux autres se regardèrent d'un air étonné.

- Tu vas où comme ça ?
- Où mes pas me mènent...
- Tu ne vas pas rester là. Viens avec nous. Grimpe dans la benne !

-Hé, pas si vite, répondit Timo, je ne vous connais pas, où voulez-vous m'emmener ?

- Tu sais les gens ici n'aiment pas beaucoup les vagabonds, les fouineurs, avec nous tu seras en sécurité, ici je ne réponds de rien ! Après tout, fais comme tu veux, je t'aurais prévenu ! Lança-t-il en faisant mine de s'éloigner.

CHAPITRE V

Après quelques instants de réflexion, pas rassuré, mais curieux de découvrir les lieux autrement qu'à pied, et surtout sans aucun autre but à poursuivre pour l'heure, il saisit l'opportunité.

Peut-être trouverait-il là l'occasion de se faire un peu d'argent, en échange d'un travail.

Il suivit ces hommes qui l'invitèrent à prendre place à l'arrière de leur pick-up, dans la benne.

A la lueur des phares, dans une aube naissante, il se retrouva embarqué, presque malgré lui, dans un nouvel épisode de son voyage, dont il y a cinq minutes à peine il ne soupçonnait pas l'existence.

Dans la cabine le passager était euphorique, il semblait un peu éméché. Il alluma la radio, et monta le volume presque à fond. La chanson, un tube du moment, faisait grésiller les hauts parleurs qui avaient atteint leur seuil de saturation. Le conducteur, sautant comme un fou sur son siège faillit rater un virage en détournant son regard de la route pour baisser le son. Aussitôt le passager lui mit une grande claque derrière le crâne. Il hurlait les paroles de la chanson. Il remonta le volume.

Timo, de la benne, les observait ne sachant ce qu'il devait penser de ces individus. Etaient-ils fous, ivres, ou simplement heureux ? Ou les trois à la fois ? Il ne pensait qu'à s'agripper aux rebords de la carrosserie, tant il était ballotté dans tous les sens. Il avait l'estomac au bord des lèvres à chaque virage. Le 4x4 fendait la noirceur de l'aube naissante à grands fracas de guitare électrique.

Ils prirent un chemin sur la gauche de la route principale, où figurait un panneau presque effacé qui indiquait le nom d'un lieu-dit : « Le Vi… ».

Ils montèrent environ deux kilomètres, laissant sur le côté plusieurs fermes, cabanes de berger et plusieurs chalets. Le chemin en mauvais état n'était que succession de nids de poules, chaque bosse lui broyait davantage les os.

Le lieu était un hameau indépendant du village. Un centre d'exploitation pastorale, transformé en habitat permanent, par un clan qui surveillait en permanence ses terres, acquises au fil des ans par le fruit d'opérations immobilières ordonnées par le patriarche, ou par des baux verbaux consentis ou arrachés à des propriétaires malchanceux, et légitimés par ce merveilleux article que le code rural avait fourni à des paysans peu scrupuleux pour s'arroger des parcelles convoitées, et étendre leurs domaines.

La route étroite à cet endroit passait entre deux maisons de pierres, dont celle de droite affaissée, avait été consolidée par du béton qui réduisait le passage à une fourgonnette.

En arrivant dans la cour, ils furent surpris de voir le maitre des lieux arpentant la zone, comme pressé de les voir revenir.

Le chauffeur tira immédiatement le frein à main pour stopper le véhicule.

Le chef s'approcha du véhicule. Il jeta un rapide coup d'œil aux deux occupants de la cabine, qui glissèrent doucement dans leurs fauteuils sans piper mot. Tous deux baissèrent les yeux comme pour empêcher la foudre de s'abattre sur eux.

Puis il concentra son attention sur la benne, où Timo tentait de se défaire de la poussière qui recouvrait ses vêtements.

Lorsque le jeune homme se considéra comme présentable, il descendit de la camionnette, et se retrouva face à face avec le maitre des lieux.

L'homme, aussi rude que le sol, semblait souffler un vent glacial, tant son air semblait inhospitalier. Il n'était pas très grand, et son œil rougeoyant, pétillant de malice glaça le jeune visiteur qui ne savait comment se mettre.

Le visage fermé, il fixa un moment le nouveau venu sans engager la conversation. Timo se sentait extrêmement mal à l'aise. Dans un endroit aussi perdu, ce n'était pourtant pas l'affluence de visiteurs qui devait détruire l'hospitalité, se dit-il. Puis, envahi de timidité, il lâcha une banalité :

- Bonjour !

L'autre le dévisageait de la tête aux pieds.

- Qui es-tu ? Renvoya-t-il.

- Je ne me souviens pas, répondit poliment Timo.

- Tiens donc, et que fais-tu-là ?

- Je suis un voyageur, j'ai eu un accident, j'ai perdu la mémoire... La Jambe aussi...

- Tu connais ce lieu ?

- Non, je me reposais sur un banc en bas, au village, et vos hommes m'ont demandé de les suivre. N'ayant nulle part où aller, j'ai accepté.

- Tu arrives d'où ?

- D'une petite ville en aval du barrage, à quatre ou cinq jours de marche d'ici.

- Tu cherches quoi ?

- Rien de spécial. Un petit boulot... Si je peux rendre service, moyennant un peu d'argent, afin de continuer ma route...

- Et elle va où cette route ?

- Je n'en sais rien, droit devant ! Je marche en essayant de me souvenir...

Le chauffeur du véhicule qui s'était joint à la conversation lui coupa la parole,

- Ça tombe bien, ici on a besoin de bras. On travaille du lever au coucher du soleil. En échange on a droit à un lit confortable, deux repas par jour, de l'eau potable et un peu de vin.

- Oui, parfait, que dois-je faire ?

Le visage du maître des lieux, déjà peu aimable, se contracta. Il faisait face à Timo avec une telle intensité dans le regard qu'on aurait pu croire qu'il le provoquait en duel. Puis, agacé il se retira de la conversation en secouant la tête. Avant de partir, il s'adressa à celui qui semblait être son second.

- Toi, tu me rejoins ici dans dix minutes, il faut qu'on parle !

L'autre acquiesça de la tête avant de poursuivre :

- Soigner les bêtes, vérifier les clôtures, les parcs, tout ce qu'on te dira de faire.

Tu sais ce qui se passe, tu as écouté la radio ?

- Oui, j'ai entendu le message d'alerte à la radio, j'ai vu aussi des camions distribuer de l'eau en ville et dans les villages... Et des gens qui tentent d'improviser des campements là où ils peuvent avoir à boire...

A ces mots, l'autre blêmit et changea de sujet.

- Viens je vais te montrer où tu peux t'installer pour dormir. Il y a une grange, derrière le grand bâtiment, là tu trouveras de quoi faire un lit.

Aujourd'hui c'est repos pour tout le monde, on a prévu un repas, rejoins-nous ici après dit-il en indiquant une porte…

Ils reprirent le chemin par lequel ils étaient arrivés avec le Pick-Up, traversèrent le rétrécissement entre les maisons, et après quelques dizaines de mètres, ils empruntèrent une rampe très pentue, bordée d'un mur de soutènement en pierre qui montait à une grange où était stationné un vieux tracteur.

En entrant dans la grange Timo s'arrêta brutalement. Il savait que la matinée était à peine entamée, pourtant il se demanda s'il faisait jour ou nuit. L'ambiance était triste et pesante et il eut immédiatement cette sensation de déjà vu, et essaya de se concentrer sur son souvenir. Sa tête se mit à tourner.

C'était très vague, il se souvenait de détails étranges, des silhouettes d'adolescents mais pas de visages précis. Ces images brumeuses et diffuses s'accompagnaient de cris, comme ceux d'une cour d'école.

- Ça ne va pas ?
- Ce n'est rien, sans doute le voyage en voiture… Tu m'as bien secoué ! Dit-il.

L'autre se mit à sourire en s'éloignant.

Quand il retrouva ses esprits, il choisit rapidement un recoin à l'abri du courant d'air où il installa un peu de paille sur de vieilles planches. Il y déposa ses affaires et récupéra une couverture pliée qui était posée sur l'aile du vieux tracteur à l'entrée.

Il se mit à inspecter les lieux. Le plancher de bois s'interrompait sur une grosse poutre. A l'étage en dessous un autre espace destiné à recevoir du foin servait de stockage. Il jugea cela ingénieux et conclut que le rez-de-chaussée devait être la bergerie vers laquelle on pouvait approvisionner le fourrage juste en le tirant de l'étage. Il s'attarda enfin sur quelques vieux outils, des cordages, des planches de frêne qui séchaient. Il récupéra une trousse, ce grand carré de chanvre que les anciens bourraient de foin et que le mulet ramenait après une journée aux champs. Cela pourrait servir de couverture supplémentaire ! Il s'allongea un moment et enleva sa prothèse. La douleur le tiraillait toujours autant. Il se concentra sur cette nouvelle vision et ne vit pas passer le temps. L'odeur du foin imprimait une atmosphère chaude et rassurante.

Puis sentant l'heure du repas arriver, il renfila sa prothèse et descendit la petite allée qui menait à la grange. Il emprunta l'escalier qui passait derrière ce qui devait être le vieux four banal, ce lieu social que les seigneurs mettaient à disposition des habitants et dont l'impôt portait le nom. Ce chemin passait devant une fontaine. Il fut attiré par le bruissement de l'eau qui s'écoulait. Le vieux bac métallique peint en gris se remplissait par un tuyau sortant directement de terre. L'eau qui emplissait le bac s'échappait par un trou à l'autre extrémité pour se perdre dans le sol. En passant devant, il s'arrêta net et se retourna d'un bond.

L'eau était cristalline comme un torrent de montagne !   Aucune odeur fétide ne s'en dégageait.
 - Elle ne semble pas polluée ! D'où peut-elle bien venir ? Se dit-il.
 Effectivement, du bec du tuyau coulait une eau claire et fraiche. Il l'examina, puis la toucha du doigt

avec précaution. Elle était si tentante qu'il ne put s'empêcher de tremper ses mains. Il les passa sur son visage, en sentant l'eau. Il humecta enfin le bout de sa langue. C'est sûr, elle était pure ! Elle n'avait rien de commun avec ce qu'il avait pu voir ou sentir le long de son chemin.

- D'où vient-elle ? Et où va-t-elle ?

Il resta ébahi, les mots ne pouvaient décrire la confusion qui s'était installée dans son esprit. Les rouages de son cerveau tournaient à plein régime. Pourquoi, comment cela était-il rendu possible ?

Après avoir vu des gens en manquer, se battre pour boire, d'autres mourir de soif, d'autres souffrir de coliques terribles après en avoir consommé, agonisant dans des crises de dysenterie, ici, elle coulait tranquillement, pour personne. Mais alors, pourquoi la ville était-elle rationnée, que se passait-il entre les deux, et pourquoi la rivière était-elle polluée ? Et pourquoi ces gros tuyaux partout ?

Troublé par cette découverte, il resta longtemps à toucher, à sentir et à s'enduire les bras et les mains de cette eau. Il faillit en oublier l'heure lorsqu'il se jeta à toute vitesse dans l'étroit escalier qui descendait vers la cour de la vielle ferme.

Il fut surprit d'y voir des poules en liberté qui pataugeaient dans la boue.

Il tourna à gauche et se dirigea vers le lieu que le chauffeur du 4x4 lui avait désigné du doigt.

CHAPITRE VI

En arrivant devant la grande bâtisse, il poussa la porte de bois dont le seuil cimenté formait une cuvette tant il avait subi l'érosion des pas. Le mur en pente avait une épaisseur de deux mètres environ. De quoi garder de lourds secrets. Là, face à lui un escalier de bois abrupt et poisseux conduisait à l'étage. A droite, une grande salle voutée en terre battue, conçue comme une bergerie, avec ses mangeoires adossées au mur, servait de garage au puissant Pick-Up dans lequel il avait été ramené.

Il frappa à la porte de gauche et entra dans la pièce. Carrelée de granito blanc et noir, elle aussi était formée de larges voutes descendant jusqu'au sol. La fenêtre étroite ne donnait pas assez de lumière et deux ampoules suspendues aux clés de voutes en assuraient l'éclairage. Face à la porte, le vieux piano à bois, où l'on faisait jadis mijoter les plats pendant que l'on travaillait aux champs était entouré d'une étagère de laquelle pendait une bande de tissu hors d'âge. Au fond, dans la partie la plus enterrée, une petite porte ouvrait sur une réserve fraiche et humide. A côté de la porte se tenait en bonne place un meuble artisanal constitué d'une roue de bois à six faces avec un couvercle. L'image d'une baratte à beurre identique traversa son esprit. Mais soudain son attention fut attirée par le silence qui s'était fait dans la pièce. Depuis son entrée la conversation se faisait hésitante, et là, plus aucun son ne filtrait des bouches des occupants. Il les salua poliment. Tous le dévisageaient.

Au milieu de la pièce se tenait la lourde table de mélèze, qui pouvait contenir environ douze convives.

Certaines places étaient déjà prises, les occupants avaient cessé de se chamailler.

La cuisinière, vêtue d'une blouse de nylon grise s'affairait au fourneau. D'un geste du doigt, elle lui désigna une chaise en bout de table. Il s'exécuta sans broncher, et prit place.

Tous le dévisageaient en chuchotant et riant bêtement. Peu à peu, les convives arrivaient, dans un ballet qui semblait bien rodé, chacun rejoignait une place qui lui semblait affectée.

Il tressaillit en voyant entrer les quatre personnes aperçues de sa chambre d'hôtel et dans le salon, plusieurs jours auparavant. Ceux qui distribuaient l'eau du camion-citerne, comme s'ils donnaient à boire à du bétail. Le chef Jak prit place en bout de table au coin opposé à celui qui lui avait été désigné. Cela lui convenait bien, ce type ne lui plaisait pas et il savait d'instinct qu'il valait mieux s'en tenir éloigné. Si les places déclinaient une certaine hiérarchie, il devait être un lieutenant du patron. Sa position à droite de l'assiette qui présidait et qui selon ses calculs devait être la position de l'homme aperçu tout à l'heure en attestait.

Timo, très mal à l'aise, regardait la nappe et s'efforçait de ne pas soutenir les regards qui étaient tous braqués sur lui. S'en suivit un long moment de solitude.

Heureusement, le patron fit son entrée, et tous se levèrent en signe de respect.

Il s'installa en bout de table, et déclara aussitôt sur un ton empreint d'ironie :

- Messieurs, vous avez du remarquer que nous avons un nouveau ! Demandons-lui de se présenter et voyons ce qu'il a à dire !

Puis il fit un signe à la cuisinière qui s'approcha et lui glissa quelque chose à l'oreille.

Avant que Timo n'ait eu le temps de réagir, une voix s'éleva.

- On t'a aperçu au bar de l'hôtel, lança l'un des hommes du camion.

- Ah le coquin, on a la même adresse ! S'exprima un autre en riant.

- Non, j'étais juste de passage, objecta Timo.

- Ouais, ouais, c'est ça ! T'inquiète, si j'avais l'occasion, j'irais tous les jours moi !

- Dans tes rêves ! S'éleva une autre voix de la table.

- Ca n'est pas ce que vous croyez, j'ai perdu la mémoire et je me suis réveillé là, j'ignore comment je m'y suis retrouvé…

- Comment as-tu payé ? Questionna non sans une certaine ironie le chef des livreurs d'eau.

- Je n'en sais rien, avant de me mettre dehors, la patronne m'a dit que quelqu'un avait réglé pour moi pour trois jours.

- Eh bien, tu en as de la chance !
 Puis prenant à partie les autres, Jak poursuivit :
- Hein, il en a de la chance d'avoir des amis qui lui offrent des vacances !

Tous rirent dans un brouhaha de commentaires autant inutiles que maladroits.

La cuisinière qui n'en perdait pas une miette questionna immédiatement le chef :
- Que faisiez-vous au bar, n'aviez-vous pas du travail ?

- On avait fait notre livraison, on s'était offert à boire, il faisait chaud !

- Comment ça, fit-elle en demandant le soutien de Dino du regard.
- Il venait d'où cet argent ? Vous ne tapez pas dans la caisse au moins ?

- Pour ça non, patronne, c'est sur nos économies, ajouta un des livreurs d'eau.

Vexé par la remarque, Jak apostropha de nouveau Timo :
- Et toi, il vient d'où ton argent ?

- Je vous l'ai dit, je ne me souviens de rien, dit Timo un peu excédé.

- Et bien moi, je travaille dur pour manger à cette table, lança Jak en regardant celle qu'il avait appelée patronne.
- C'est vrai ça, monta un commentaire d'un autre homme.

- Je ne demande qu'à me rendre utile, fit Timo en les dévisageant tous.

- Moi je sais ce que je vais te faire faire, s'emporta Jak.

Avec autorité, la patronne mit un terme à la discussion qui commençait à s'envenimer. De ses fourneaux, elle objecta :
- Calme-toi, ici c'est Dino et moi qui décidons ce que chacun doit faire ou ne pas faire.

- Ça chauffe ici, hi, hi, hi ! T'inquiète on ira ensemble voir les filles, chuchota le voisin de Timo en lui tapotant le coude.

Pour conclure, Dino à qui rien n'avait échappé, saisit sa cuillère avant de lancer non sans une certaine ironie :
- Si tu ne te souviens pas de ton passé, essaie de te construire un avenir !

Les autres rirent de la plaisanterie, avant de saisir à leur tour leur cuiller et de manger leur soupe à grands coups de schleu, schleu...

Timo était très peu à l'aise. Le repas se déroula dans un brouhaha général de conversations futiles, mauvaises plaisanteries, et blagues douteuses. De temps en temps, des questions fusaient en sa direction. Il s'efforçait d'y répondre en essayant de faire bonne mine. Le vin coulait à flot, une mauvaise piquette. Il faillit s'étrangler en avalant la première gorgée. Et il versa discrètement son verre dans celui du voisin qui apprécia le geste.

Le repas terminé, Dino donna le contenu du travail du lendemain à chaque équipe, et lui ordonna de rejoindre celle composée par ses deux voisins de table, ceux-là même qui l'avaient ramené ici.
- Tu bosseras avec eux, tu feras ce qu'ils te disent.

L'idée de travailler avec eux ne l'enchantait guère, ils semblaient être de vrais abrutis, mais puisque c'était le choix du patron, il acquiesça d'un haussement de la tête.
- Le souper est à vingt et une heures, et le matin, on se retrouve ici à cinq heures trente pour le déjeuner, et récupérer la biasse du midi ! Rappela la patronne à toute l'assemblée.

Il profita du départ de quelques employés pour se fondre dans le flux quittant la salle, et aller se reposer dans la grange où il avait installé ses affaires. Il avait besoin de se retrouver seul, au calme. La nuit avait été courte et ce moment en leur présence avait un air d'éternité.

Dehors, le jour déclinait déjà. Le soleil dans sa rotation était passé derrière les maisons. Timo remonta l'étroit escalier, et s'arrêta à nouveau devant la fontaine avec le même étonnement. Il s'assit contre le mur du fournil, et porta son regard sur cette onde qui sortait du tuyau. Le bruit de l'eau l'avait entrainé dans son rythme, et il ne pensait plus à rien, il se sentait bien, comme installé sur cette vibration sonore.

Il fut dérangé dans ses pensées par son voisin de table, qui était aussi le conducteur du Pick-Up.

- C'est vrai que tu ne te rappelles de rien ?

- Oui, hélas… Pourquoi me demandes-tu ça ?

- Comme ça, pour savoir. Moi, c'est Jule, je suis le fils de Dino.

- T'inquiète pas pour les deux autres à table, je sais comment les calmer.

- Oui, je me doute, répondit Timo amusé. Jule était un jeune garçon dans la force de l'âge. Son jeans taille haute acheté à bas prix sur un marché lui remontait jusque sous les aisselles. Les vingt centimètres de chemise blanche à carreaux noirs qui en dépassaient, avec des manches retroussées jusqu'aux coudes n'étaient pas sans lui donner un air de ce personnage d'une série bien connue, toujours en train de couper du bois. Son nez pointu centré sur sa petite tête ronde aux cheveux courts lui conférait une silhouette de pic vert. Timo avait beau chercher, il ne trouvait que dissonances chez Jule. Il avait l'air d'un imbécile. Puis concentrant son regard sur la cuve, il lança :

- Elle vient d'où cette eau ?

- De la montagne... Il y en a plein là-haut !

- Ah bon, mais elle n'est pas polluée ?

- Ben celle qui sort de terre, non, l'autre qui ruisselle, il ne faut pas la boire. Elle est contaminée, répondit Jule d'une voix hésitante.

- Tu me montreras ?

- Non, il ne faut pas. Dino va s'énerver, c'est lui qui décide quand on monte aux sources, en général c'est la nuit, et il nous accompagne toujours !

- Tiens donc et pourquoi cela ?

Jule semblait très embarrassé par les questions, et se contenta de répondre que c'était interdit.

- Dis donc, ce n'est pas un comique Dino ?

- Oui, tu as remarqué, souffla Jule en souriant.

- Et cela ne vous dérange pas ?

- On a tous la chance d'avoir un travail ici, un lit et de l'eau. Alors on le prend comme il est ! Moi j'ai toujours vécu avec et rien ne me choque, et pour ceux arrivés après, ils disent que c'est une chance d'être là, qu'ils ne veulent pas la foirer. Après tout, on mange on dort et on circule librement, n'est-ce pas suffisant ?

- Vous pouvez circuler librement ? Tu m'as dit le contraire !

- Oui, enfin presque. On n'a pas le droit de franchir les clôtures sans son accord. A part ça, on va où on veut.

- Vous y allez quand même ?... En cachette ?

- Non, strictement interdit ! Le respect des règles est très important pour Dino, il ne plaisante pas avec cela.

- Et, où sont-elles ces clôtures ?

Jule, mal à l'aise toisa soudain Timo.

- Ne t'inquiète pas je suis un peu curieux, mais je ne suis pas là pour poser des problèmes, je veux juste me faire un peu d'argent pour continuer ma route. Je suis désolé, rectifia Timo. C'est la présence de ces types baraqués qui me perturbe. Avec leurs tatouages et leurs crânes rasés, on dirait d'anciens parachutistes ou des commandos marine. Et ils sont armés, ce qui est bizarre pour des paysans ? Tu ne trouves pas ?

A ces mots, Jule se leva, souhaita une bonne nuit à son co-équipier, avant de prendre congé. Il tourna le dos et s'éloigna en raclant les talons de ses chaussures l'un contre l'autre pour les décrotter.

Timo mit ces quelques remarques dans son carnet, avant d'aller se coucher :

« Comme dans tous les endroits retirés, il devait y avoir des rivalités et des jalousies, fondées sur des partages ou disputes de terres, mais devant une attaque venue de l'extérieur comme l'intrusion d'un étranger dans les histoires sur un sujet aussi sensible que l'eau, tous se dressaient comme un seul face à l'ennemi venu du dehors. Je dois rester prudent pour ne pas aller jusqu'à la déclaration de guerre, en déjouant le mensonge collectif. S'ils possédaient beaucoup de terres, et de l'eau, ils n'en demeuraient pas pour autant pauvres en argent. Et leur méfiance vis à vis de ces gens de la ville trop curieux était féroce...

Concernant le fils, comment l'évolution permet-elle à deux individus d'une même famille de telles différences de développement intellectuel ? Le père joue sur des mots justes et précis, s'attachant à toujours laisser planer cette brume qui enveloppe les situations. Il entrecroise ainsi habilement doute et certitude. Une inquiétante étrangeté plane sur ces lieux où tout semble déplacé. Quelle erreur s'est produite ? Cet homme possède-t-il la réponse ? Sur quel niveau allons-nous caler nos conversations ? Essayer d'échanger avec eux me parait déjà impossible».

CHAPITRE VII

Le lendemain matin, Timo arriva le premier au petit déjeuner. Il n'avait pas réussi à fermer l'œil. Toute la nuit des images et des visions s'étaient bousculées dans sa tête. Entre cette découverte d'eau potable qui l'avait totalement déstabilisé et les restes de son cauchemar, toujours le même, il paniquait, lui qui de nature était si calme, si posé. Les évènements se succédaient sans qu'il ne parvienne à compartimenter ces informations. Ils s'entassaient et s'accumulaient sans logique. Cet état d'oppression était insoutenable.

Il mit à profit ce moment d'intimité pour parler un peu avec la patronne. Elle s'appelait Rima. Elle était la femme de Dino. Elle lui confia qu'elle venait d'une grande ville, de l'autre côté des montagnes, la ville des parfums. Elle y avait vécu en famille jusqu'à presque trente ans avec ses parents. Issue d'une fratrie de quatre, elle était secrétaire dans une administration, mais tout cela n'était pas pour elle, elle voulait être patronne, gérer, avoir de l'argent. Et lorsqu'elle l'avait rencontré, bien que celui-ci fût plus âgé, elle avait saisi l'opportunité, et tout lâché pour le suivre ici. Il fallait avoir des rêves et s'y tenir !

- Les premières années ne furent pas faciles, confia-t-elle en soufflant.

- Les parents de Dino étaient encore en vie, et ils voyaient d'un mauvais œil une étrangère arriver et se mêler de leurs affaires, surtout si elle détournait leur fils unique du travail de la ferme. Le père qui s'était usé à la tâche comme employé avant de prendre les commandes de l'exploitation, se faisait vieux et lui et sa femme comptaient sur leur seul enfant pour leur succéder. Ils vivaient de leurs légumes, des bêtes dont le lait donnait de bons fromages et de leur viande lorsque le besoin s'en faisait sentir. Leur plus grand défaut, en dehors du fait qu'ils ne l'appréciaient guère, était leur avarice. Il faut dire qu'ils étaient pauvres en argent, malgré tous ces terrains qu'ils avaient vendu à des étrangers des bouches du Rhône. Elle s'était toujours demandé ce qu'ils avaient fait des sous pris à ces doryphores qui venaient plusieurs fois par an séjourner ici, dans leurs chalets, et respirer son air, boire son eau, et poser trop de questions.

Elle ne supportait pas l'idée qu'ils aient pu bénéficier des largesses d'un pépé trop gentil avec eux, là où elle n'avait pas eu cette chance. Ils ne touchaient à l'argent que pour un achat important ou lorsqu'un bien mitoyen ne devait pas leur échapper. Et chaque dépense les torturait comme si elle avait occasionné la perte d'un organe ! Alors qu'une étrangère vienne perturber tout cela n'était pas de leur gout ! La montagne et leur fils constituaient tout ce qu'ils avaient.

Elle avait dû s'endurcir à force de travail et de privations. Elle était devenue laborieuse par nécessité, pour lui, et leur avait montré à tous ce dont elle était capable. Malgré cela, sa belle-mère ne l'avait jamais acceptée. Mais l'amour était plus fort que tout. Elle avait fait profil bas, sachant qu'ils ne seraient pas éternels.

Dino, pour préserver la paix entre les deux femmes avait construit pour eux un logement à l'écart de la ferme. Ainsi, même si elle n'échappait pas à la surveillance de la belle-mère, elle avait son propre jardin et un petit atelier où elle tannait des peaux, faisait ses confitures, et ensachait les plantes qu'elle cueillait pour les commercialiser.

A leur décès, avec sa formation de secrétaire comptable, elle avait pris une vraie place dans l'exploitation, elle faisait la paye, les comptes, en plus de ses activités propres qu'elle avait réussies à rendre prospères. Pour la récompenser, Dino avait acheté des terres à son nom, elle était propriétaire, au même titre que lui !

Elle avait eu deux fils avec Dino, son préféré avait disparu à l'âge de huit ans environ, celui qui restait n'était pas aussi capable que l'autre, mais elle le destinait à reprendre l'exploitation. De toute façon, il ne savait rien faire d'autre et ne s'était jamais intégré à l'école. Ce qui lui déplaisait, c'était qu'il avait engrossé une fainéante de la ville qui était venue habiter avec lui, ici. La bru attendait le troisième... Elle avait verrouillé son fils ainsi ! De surcroit, c'était une évangéliste, un comble, selon elle. Enfin, elle préférait se taire !

Elle avait le gout de la cuisine, et elle préparait les repas pour tous, avec les bons produits de son jardin, dont elle ventait partout la qualité.

- Une chance par les temps qui courent, disait-elle, ailleurs, on ne sait plus ce que l'on mange !

Puis changeant brutalement de sujet, elle demanda à Timo :
- Mais c'est vrai que tu as perdu la mémoire ? Comment cela est-il arrivé ?

Il ne put répondre, il ne se souvenait de rien. Il était comme au sortir d'un rêve déjà oublié. Patiemment, il reprit :

- Je n'ai aucun souvenir de ma vie, de mon enfance, et de cet accident qui m'a couté la jambe. Il souleva son pantalon pour montrer sa prothèse. En la découvrant, Rima eut un tressaillement.

- Il m'arrive d'avoir des visions très floues, d'une petite fille qui m'observe, et d'un long couloir avec des néons au plafond, on m'y transporte attaché sur un lit...

Rima était occupée à remuer le contenu d'une grosse casserole avec une palette de bois, mais ne perdait rien de ce qu'il racontait. Soudain, elle se ravisa.

- J'en oublie tous mes devoirs, dit-elle, assieds-toi que je te prépare un café.

Pendant qu'elle parlait, Timo tournait dans la pièce, et fixa son attention sur une statuette d'argile posée sur le rebord de la hotte. Il la prit dans sa main, et ressentit une immense chaleur, associée à une légère vibration. L'espace d'un instant, fermant les yeux, il lui sembla que la figurine le conduisait ailleurs, sur des sentiers déjà parcourus. Il échappait peu à peu à la conversation.

Rima s'approcha, la lui ôta délicatement des mains, et la remit à sa place en disant :

- Elle est précieuse ! C'est tout ce qui me reste de mon fils disparu.

Puis elle sembla se recueillir quelques instants. Son visage s'était fermé. Après qu'elle se soit remise au fourneau, Timo la questionna sur ce fils qu'elle semblait avoir perdu.

- Mais Jule m'a dit qu'il était votre fils ?
- Oui, mais c'est le second, il n'est pas pareil. L'autre était bien plus proche de moi, bien plus difficile à canaliser aussi. Très intelligent.

Elle observa un nouveau moment de silence avant de reprendre : Jule a toujours eu du mal à s'adapter à tout, à comprendre les choses. Dès l'école maternelle, il ne parvenait pas à s'intégrer aux autres enfants. Plus tard au collège, il refusait le contact avec eux, il était isolé, exclu. Les autres le rejetaient aussi, ils le frappaient. Il était une proie facile face à l'instinct de prédation des autres enfants. J'ai dû le protéger et il n'a pas fait d'études.

- Pour autant, ce n'est pas la modestie qui l'étouffe, il nous donnerait volontiers des leçons si nous le laissions faire, mais il n'a pas l'étoffe... Son frère, lui, comprenait les situations, il aurait sans doute fait quelque chose de sa vie...

A mon tour de poser des questions, se dit-il.
- Et ce nuage radioactif ? J'ai entendu un message inquiétant à la radio.

- On essaie de travailler normalement, même si ça complique la récolte du fourrage. Quand il y a des alertes, on met tout le monde à l'abri !
- A l'abri ? Où ça ?
- Il y a pas mal d'installations souterraines par ici. On nous a parlé de Césium 137, d'iode 131, de strontium,... On ne sait plus quoi penser. C'est Dino qui gère tout ça. Il a ses contacts.
- Et l'eau de la fontaine est potable ? J'ai vu des camions en ville.
- Ici, on gère, on a nos solutions, mais il n'y en a pas pour tous, objecta Rima avec fermeté. Elle changea immédiatement le sens de la conversation.

- Et concernant ta mémoire, c'est tout ce dont tu te souviens ? Dis m'en un peu plus sur cette fille, reprit-elle sur un autre ton, plus apaisé.
- C'est très vague, ce sont les situations, les odeurs, qui induisent mes visions... Mais elles restent aussi soudaines qu'inexplicables... Et surtout sans aucune cohésion. Rien de plus.
- Tu peux tout me dire, je suis là si tu veux, n'hésite pas. Ici, nous avons créé une communauté où les gens mangent à leur faim, boivent à leur soif, même si le travail est dur et Dino exigeant. Nous avons donné un avenir à tous ces gens, à des enfants dont certains sont grands maintenant...

Elle essuya d'un revers une larme qui coulait sur sa joue, avant de reprendre :
- Même si un grand malheur nous a frappés, lorsque j'ai perdu mon fils, je les considère un peu tous comme mes enfants...

Face à cet épanchement de sentiments, Timo ne sut quoi répondre. Il l'observait sans broncher.

Il les avait vus à l'œuvre, ses protégés, qui maltraitaient les pauvres gens à qui ils distribuaient de l'eau ! Leur soutirant de l'argent avec le plus grand des mépris. N'hésitant pas à les humilier ou les tabasser, juste pour le plaisir. Lui aussi aurait eu des choses à dire. Mais il s'interdit de répondre, préféra ne pas toucher à son café, prit sa musette et sortit en laissant Rima à son apparente tristesse. Il n'était pas doué pour les pleurs, la compassion et toutes ces choses, sa propre histoire constituait déjà à elle seule, un fardeau bien lourd à porter. Et ces hommes n'étaient en rien ce qu'elle venait de dire. Comme elle ne semblait pas idiote, il en conclut qu'elle avait un grand talent d'actrice.

Il attendit tranquillement ses acolytes dehors en admirant le paysage.

CHAPITRE VIII

Lorsque ceux-ci arrivèrent vers lui, ils semblaient très joyeux. En les découvrant Timo ne put s'empêcher de sourire face à leurs physionomies si remarquables. Tous deux étaient vêtus sans élégance, Jule portait les mêmes habits que la veille, ses petits yeux verts pleins de feu affichaient une expression d'autorité présomptueuse. Quant à l'autre, avec ses cheveux crépus qui partaient dans tous les sens, il semblait porter la même tenue depuis plusieurs semaines. Il était plutôt grandet maigre. Ses pommettes et ses arcades étaient saillantes. Ses lèvres minces esquissaient continuellement un sourire hébété. Ils passèrent devant lui sans le regarder, et se dirigèrent vers la cuisine. Timo en fut presque heureux.

Encore un moment seul, se dit-il.

Adossé à une barrière en bois, il suivait la lente ascension du petit jour sur la montagne. Puis la porte claqua, les deux individus se rapprochèrent de lui, et sans dire bonjour, ce fut Jule qui s'adressa à lui :

- Tu vas t'occuper du chenil. Ensuite tu vas curer les bergeries. Tu sors tout, tu fais des tas, et ce soir, avec la machine, nous évacuerons tout ! Suis-moi, je vais te montrer. Nous, nous avons du foin à rentrer et un morceau de clôture à réparer.

Ils prirent la direction du chenil. Jule marchait devant, d'un pas décidé, toujours en raclant ses talons l'un contre l'autre, ce qui avait le don d'exaspérer Timo.

L'enclos était fait d'un gros grillage bien solide et renforcé par endroits par des barres de fer enfoncées dans le sol. Il comportait deux parties distinctes, un espace bétonné, et des niches en bois à l'autre extrémité. A leur arrivée, les trois molosses faits d'agressivité ouvraient grandes leurs mâchoires, laissant apparaitre des crocs énormes dans un enchainement d'aboiements ininterrompus.

Cela fit rire les deux compères et Jule lança :
- Ne te fais pas mordre ! Ils sont pas vaccinés !

- Très drôle ! Et que dois-je faire ?

- Tu dois nettoyer le chenil tous les jours, enlever les crottes, laver les auges à soupe et renouveler la paille. Vérifier que le grillage n'est pas troué. Leur donner à boire et à manger. C'est Rima qui fait la soupe, elle te dira où c'est ! Un conseil, Dino ne supporte pas que le chenil soit sale ! Les bergeries sont les deux grands bâtiments au-dessus. Tu fais comme on a dit ! A l'entrée il y a des fourches, des pelles et des racloirs.

A ces mots, les deux compères laissèrent Timo. Il les vit s'éloigner dans un gros tracteur bleu, riant et chantant comme deux imbéciles heureux.

Il lui fallut plusieurs jours pour se faire accepter des chiens qui ne cessaient leurs aboiements qu'à la vue de leur gamelle.

Les jours se passèrent à l'identique, sortir le fumier, rentrer la paille et le foin, nettoyer les cages, nourrir les chiens… A force, les molosses s'étaient habitués à lui, et ne montraient qu'une faible agressivité… Il était entré dans une routine, où il semblait faire toutes les corvées pendant que les deux autres partaient se promener. Vers midi, ils arrivaient au volant du tracteur, pour manger, maintenant le secret sur leurs activités, et repartant dès le repas terminé. Il aurait pu être fâché, mais après tout, ne valait-il pas mieux travailler seul, plutôt que d'être contraint de faire équipe avec des gens pour lesquels il n'éprouvait aucune empathie ? Il faisait désormais partie du clan, et sa place aujourd'hui était là, peut-être demain serait différent…

CHAPITRE IX

Ce soir-là, Timo épuisé par une journée éreintante décida de remonter vite après le repas. La douleur à sa jambe le tiraillait. En passant, comme à son habitude, il s'arrêta un moment devant la fontaine pour plonger ses bras dans cette eau fraiche dont il ne se lassait pas. La lune était immense, elle éclairait les montagnes d'une lueur si particulière qu'il s'assit un moment pour profiter du spectacle. Il observait la beauté du ciel, les ombres sur les parois escarpées en face, les étoiles. Elles étaient devenues son refuge, le berceau de ses pensées. Le bruit de l'eau complétait le tableau idyllique qui s'affichait devant lui.

Il passait souvent des heures comme cela, attendant que le sommeil le prenne. A quoi bon vouloir le forcer, avec cette douleur lancinante qui ne cessait jamais.

Et puis lorsqu'il y parvenait, il était en proie à des cauchemars, ou sursauts de mémoire, il ne savait pas faire la différence. Tout se mêlait alors dans ses pensées, des images se superposaient.

Mais depuis plusieurs nuits, une double vision récurrente prenait forme, il donnait à manger aux chiens, leur tendait à bout de bras la gamelle, et l'instant d'après, il était enfant, dans une pièce obscure, et c'était à lui que l'on tendait une gamelle.

Comment tout cela pouvait-il avoir un sens ? Il notait soigneusement ces détails dans son carnet, et relisait patiemment ses notes, en les complétant. Il y avait aussi cette jeune fille, le regardant à travers des barreaux, comme lui observait les chiens à travers les grilles. Tout ceci le troublait. Qui était-elle, et pourquoi ces barreaux ? Était-il enfermé ?

Il se faisait tard, et mieux valait aller dormir, car nul doute que demain il serait encore seul pour les corvées pendant que les deux autres iraient se promener en tracteur. Jusqu'à quand Dino tolèrerait-il cela ? Comment les autres se justifieraient-ils ? Il était curieux de le découvrir.

CHAPITRE X

Avec l'habitude, les tâches auxquelles il était assigné lui prenaient moins de temps. Les chiens n'affichaient plus aucune hostilité, et ils venaient parfois réclamer des caresses. Quand il le pouvait, Timo explorait le domaine. Parfois, des lieux lui semblaient familiers, des odeurs, des bruits aussi. Mais rien de bien précis qui le conduise à des images claires. Ces visions qui surgissaient de nulle part, disparaissaient presque aussitôt, sans qu'une trame nouvelle ne pût exister dans sa tête. Le moment du repas du soir en commun soulevait aussi de nombreux questionnements.

Il avait bien noté que chaque fois qu'il faisait son entrée, les conversations se faisaient hésitantes, et reprenaient leurs cours après qu'il se fut éloigné.

Il avait entendu le comparse Jule de loin, prononcer son nom en le voyant dormir sur le banc, le matin de leur rencontre. Et toutes ces questions qu'on lui posait sur sa mémoire…

Il devait tirer tout cela au clair, mais comment ? Quelque chose ne tournait pas rond.

Ce travail de nettoyage obstiné des bergeries et du chenil, n'était-il pas un stratagème pour le tenir à l'écart ? Mais à l'écart de quoi ? Jule semblait tellement dépourvu de discernement que cela ne pouvait pas venir de lui. Non, cela était la volonté directe du patron. Pourquoi ne l'amenait-on pas au-delà des clôtures avec les autres ? Que lui cachait-on ?

Il écrivit tout cela dans son carnet, pour revisiter ses notes le soir venu.

En quittant la bergerie du haut, il entendit Rima qui hurlait :

- Timo, Timo !

Lorsqu'elle l'aperçut, elle se précipita vers lui. Elle semblait très en colère et hurlait des insultes.

- Je ne sais pas où est Dino ! Je n'ai que toi sous la main ! Vas chercher une corde, dans la grange, une longue. Jule et l'autre imbécile sont tombés dans un ravin là-haut. Ensuite tu prends le chemin qui part de la bergerie et tu suis la clôture, tu ne pourras pas les manquer, ils hurlent comme des veaux ! J'espère qu'ils ne sont pas blessés ! Allez, vas vite !

Timo se précipita vers la grange, et inspecta toutes les cordes accrochées au mur. Il en saisit une de bonne taille en se disant :

- Celle-là doit suffire, si elle est trop courte, ça veut dire qu'ils sont tombés de très haut, et ce n'est plus d'une corde dont ils ont besoin !

Il entoura le cordage autour de son torse, et se mit à gravir le pré qui le conduisit jusqu'à la bergerie du haut. De là partait une piste poussiéreuse où il les avait vus passer en tracteur. Il l'emprunta en marchant aussi vite que sa jambe le lui permettait. Après un bon kilomètre, il arriva entre une jolie maison de pierre et une chapelle. Un peu plus loin, il bifurqua à gauche sur la piste du col, c'était comme ça que les autres la nommaient. Peu après, une grande clôture qui semblait barrer la montagne suivant une courbe de niveau établie fit son apparition. Le haut grillage à mailles carrées était fixé sur de grands poteaux de bois, et constituait une barrière infranchissable qui interdisait l'accès à la partie haute de la montagne. Par endroits, il était renforcé par du fil barbelé aux dents acérées. En longeant l'ouvrage, il découvrit un portail dont le cadenas était resté ouvert.

- Une chance, se dit-il, que ces imbéciles ne l'aient pas refermé derrière eux.

Il longea ainsi le grillage jusqu'à entendre les cris de ses compatriotes. Effectivement, le tracé suivait un petit sentier et des ravins profonds se perdaient en contrebas. Le tracteur était stationné un peu plus haut. Sur la remorque étaient entassés des poteaux de bois, du grillage et une tronçonneuse. Il entendit au loin les cris des deux hommes.

- Voilà, je suis là, j'arrive !

Il marchait à vive allure lorsqu'un bruit de pierres sur sa droite le stoppa dans son élan. Une jeune fille brune courait vers le bas de la montagne. Elle scruta les alentours pour s'assurer que la voie était libre, et elle s'élança dans une corniche qui descendait en pente raide vers la forêt. La clôture s'arrêtait au bord des abrupts. Le sentier s'était transformé en une pierre polie par l'érosion, et elle n'eut d'autre choix que de se laisser glisser. Elle semblait fuir à grandes enjambées. Il la regarda quelques instants, avant qu'elle ne disparaisse dans les sous-bois.

A peine approcha-t-il d'une faille rocheuse qu'il entendit parler.

- Je crois que je me suis cassé le bras, et l'autre imbécile est inconscient, entendit-il.

C'était Jule qui l'avait vu passer.

Il s'approcha d'on trou et vit les deux idiots au fond. Jule se tenait le bras et l'autre qui s'était ouvert la tête en tombant, faisait le mort et le regardait en souriant.

- Il est tellement lourd que je ne peux pas le porter, dit Jule. Envoie la corde et tu vas le tirer.

- D'accord, mais comment avez-vous fait pour tomber ?

- C'est à cause de cet imbécile et de cette fille, cette voleuse...

- Il y a des voleurs ici ?

- Oui, je t'expliquerai, d'ailleurs, tu ne l'as pas croisée en venant ?

Timo ouvrit la bouche pour répondre, puis ses lèvres se refermèrent.

- Non, je n'ai vu personne !

Il attacha la corde à une souche et la lança dans le trou. Peu après une voix s'éleva en disant :

- Tire, moi je le pousse par-dessous.

Les deux hommes ne tardèrent pas à sortir du trou et montrèrent leurs blessures.

- Regarde j'ai le bras cassé moi aussi ! Lança l'acolyte de Jule.

- Fais voir, bouge !

Une vive piqûre lui traversa le bras gauche, et il ne put s'empêcher de hurler.

- Ça fait mal !
- Tu t'es démis l'épaule, remarqua Timo.
- Laisse toi faire, on va arranger cela.

Il le contourna et vint se coller à lui pour imprimer au niveau de l'épaule démise une violente traction. Mais celui-ci hurlait à la douleur sans même que Timo ne le touche.

- Quel imbécile, regarde, je ne t'ai encore rien fait !

D'un air incrédule, le grand blessé le regarda en disant, j'ai mal quand même !

- Bon cela suffit dit Timo, agacé.

Il tira d'un coup sec sur l'épaule qui s'emboita aussitôt. Voilà, tu devrais aller mieux maintenant. L'abruti hurlait et grimaçait sous l'air amusé de Jule.

- Bon à toi maintenant, lança Timo à Jule.
- Non, en fait ça va aller, je crois que…
- Parle-moi de cette voleuse ? Coupa Timo.
- C'est une fille, elle est rusée et rapide, ça fait plusieurs fois qu'on la voit roder par ici. Dino ne veut personne dans cette zone. On lui courrait après et cet imbécile a voulu prendre un raccourci, et il est tombé. J'ai essayé de lui tendre une branche, mais il m'a entrainé avec lui, dit Jules en tapant sur la tête de son compagnon.
- Il faut qu'on trouve l'endroit par où elle passe, tu es certain, tu ne l'as pas vue ?
- Non, mais que vient-elle voler ?

Jule ne répondit pas à la question et vociférait après son compagnon :

- C'est de ta faute, Dino va nous tuer…
- J'ai pas fait exprès ! répondit l'autre en riant.

Ils se battaient comme des chiffonniers se rejetant la faute. Ils en oublièrent leur tracteur et redescendirent à pied avec Timo.

- Maintenant, faut qu'on aille rendre compte à la mère ! dit Jule qui ne semblait pas rassuré.

De son atelier, Rima surveillait le chemin, et avant qu'ils n'arrivent trop près, elle sortit et s'approcha vers eux, vêtue comme un cosmonaute, d'un épais tablier en caoutchouc blanc, d'un bonnet, de lunettes et de gants.

- Que faites-vous ici, bande de vauriens ! Retournez au travail !

- Mais on poursuivait une voleuse…

- Chut, ça suffit ! Je sais tout ! Je vous ai entendus hurler d'ici et c'est moi qui vous ai envoyé de l'aide ! Quant à toi, Timo, il ne faut pas venir ici, je t'ai demandé d'aller les aider, pas de te promener, allez retourne finir ton travail ! Je ne veux pas te voir trainer par-là !

Rima ne plaisantait pas. Alors qu'il s'attendait à être remercié, le voilà qui se faisait houspiller.

Timo avait du mal à encaisser cette réaction, cette agressivité vis-à-vis de lui qui n'avait fait que rendre service, exécuter un ordre. Il détaillait l'extérieur du bâtiment, sentant que l'agacement de Rima n'était dû qu'à leur présence ici. Plus particulièrement à la sienne. Mais que pouvait-elle bien cacher ? L'endroit était-il hautement radioactif ? Voulait-elle les protéger ? Ou bien y avait-il autre chose ? Il constata que de nombreux bidons sur lesquels étaient inscrits « acide » et « sel de chrome » étaient stockés devant l'entrée. Ces produits d'une grande toxicité pour l'eau servaient au tannage des peaux. Sans doute les utilisait-elle sans précaution et les rejetait elle directement dans le torrent en contre-bas, c'est cela qu'elle voulait dissimuler. Cela expliquait la pollution si tout le monde se permettait la même chose ! Face à l'insistance de la patronne, il décida de partir, pour retourner à la bergerie. En passant sur le côté de l'atelier, il remarqua effectivement des gros bidons bleus dans lesquels trempaient des peaux dans une eau saumâtre à la forte odeur d'acide, et l'écoulement de l'atelier qui se jetait directement dans le ruisseau.

En une fraction de seconde, son esprit s'était éclairé, ici, c'était chacun pour soi, ceux d'en haut avaient de l'eau pure qu'ils salissaient sans souci d'éthique, sans aucun revers de conscience vis-à-vis de ceux du bas.

En s'éloignant, il entendit Rima vociférer après les deux autres :

- Imbéciles, vous n'en ratez pas une, qu'est-ce qui vous a pris de l'amener ici ?

- Dès qu'il y a une bêtise à faire, vous êtes toujours les premiers, mais cette fois, c'est allé trop loin, je vais en parler à Dino, il doit savoir…

Tout ceci s'ajoutait aux doutes et questionnements de Timo, déjà nombreux, et songeur, il retourna vers la bergerie où la fourche et la pelle l'attendaient.

CHAPITRE XI

Comme tous les soirs, il était remonté du repas et prenait le frais assis devant la fontaine. Le spectacle de la lune qui était à son périgée, dans son cycle d'éloignement et de rapprochement de la terre, donnait aux montagnes des reflets blonds et noirs. Elles apparaissaient encore plus majestueuses. Il se laissait bercer par le bruit de l'eau. De son emplacement, il avait une vue imprenable sur la vallée, et les hautes falaises d'en face. En se levant pour regagner son lit, il fut étonné de voir à la lisière du bois des torches en mouvement qui semblaient tenter une ascension des éboulis en pied de falaise. Il se mit à les observer, et vit qu'un brasier venait d'être allumé un peu plus haut. La vision de la lumière des torches était hachée par un léger vent, et les branches qui s'agitaient.

Tandis que des voix résonnèrent dans la cour de la ferme, le puissant Pick-Up de Dino démarra et commença à descendre le long chemin qui menait jusqu'à la route. Les phares éclairaient les virages par lesquels il se souvenait d'être arrivé. Une fois en bas, le véhicule s'engagea sur la gauche sur la route principale, avant d'emprunter un chemin pour se diriger vers les torches qui luisaient dans les bois.

N'ayant soudain plus sommeil, il décida d'aller voir ce qui se passait. Il estima la distance à moins de quatre kilomètres, et encore, en coupant droit, il réduirait le parcours. Il descendit à travers champs jusqu'au lit de la rivière. Cela lui prit moins de temps que prévu et l'encouragea à continuer. Un sentier, quoique raide, semblait mener dans la bonne direction et il l'emprunta. Rapidement, il croisa la piste de terre que venait d'emprunter le gros 4x4 de Dino. Au sortir d'un virage, il distingua le véhicule qui était stationné avec d'autres. Jule, le chauffeur du camion, et un autre type au visage inconnu se tenaient là, debout, discutant et s'invectivant à haute voix. Comme à son habitude Jule, garçon sans études, confirmait l'adage selon lequel les intelligents aimaient apprendre et les imbéciles enseigner ! Il en conclut que Dino avait dû continuer à pied et il choisit de se mettre sur sa trace afin de découvrir ce qu'il allait faire si tard en pleine montagne. Les branches sèches et les feuilles craquaient et crissaient sous ses pieds. Il devait avancer prudemment s'il ne voulait pas qu'on le repère. Il regarda entre les arbres, vers les véhicules et personne ne s'était retourné. Il gravit ainsi le bois, et arriva sur un promontoire escarpé d'où il voyait un peu mieux. A quelques dizaines de mètres de lui, des hommes munis de torches se tenaient en rond. Ce qu'il avait pris de loin pour un brasier, n'était qu'un énorme flambeau, planté dans le sol au-dessus d'eux, et qui éclairait en faisant vaciller un petit périmètre, où le sol avait été retourné.

Puis on amena un jeune homme qui ne devait pas avoir plus de quatorze ans. Ses yeux exorbités fixaient le néant. Il était soutenu par deux hommes cagoulés. Il était torse nu. Sa marche était faite d'une danse macabre qui tenait de folie et de souffrance mêlées. On l'agenouilla au pied de la torche, et on lui tendit un outil pour racler le sol, ce qu'il fit comme s'il y avait été conditionné. La terre qu'il tirait vers lui se faisait de plus en plus humide, jusqu'au moment où un filet d'eau se mit à couler, révélant la présence d'une source qu'il venait de mettre à l'air libre. Aussitôt, on l'écarta et les hommes cagoulés, portant de longs manteaux se rassemblèrent en cercle devant l'eau. Il ne parvenait pas à distinguer leurs visages, mais l'un d'entre eux était assurément Dino, cela ne pouvait faire aucun doute ! Ils entonnèrent un chant et psalmodièrent quelques phrases inaudibles de là où Timo se trouvait. Les hommes se placèrent en ligne, et s'éloignèrent de l'eau pour se rendre à quelques mètres de là. Un gros rocher plat en occupait l'espace. Sans opposer de résistance, le jeune homme y fut attaché torse vers le ciel. Timo fut saisi d'un tremblement en découvrant cela. Un autre flambeau fut allumé, et chacun fut débarrassé de sa torche. Ils prirent place autour du jeune homme, baissèrent leurs capuches. Il reconnut Dino, Jak, mais ne se souvenait d'aucun visage des autres participants. Dino, levant les bras au ciel, prit la parole :

- Les hommes doivent payer leur dette. Notre tribut est la mort qui nous est échue à tous. Au commencement était le néant. Les Dieux ont donné leur sang pour nous, en nous livrant les sources, et la pluie… Cette eau pure s'oppose à l'eau amère, elle a la pouvoir de déterger toutes les souillures.

- Qui te dit que ton sang est plus rouge que le sien ? Lança un homme resté sur le côté que Timo n'avait pas vu.

- Il en est ainsi, répondirent les autres d'une seule voix.

- Par le sacrifice de cet orphelin, O Déesse de l'eau, je nous élève au-delà du naturel des hommes, dit Dino.

Tous sortirent de leur poche un petit flacon qui semblait rempli d'eau, mais une eau aux reflets bleus, très pure, comme Timo n'en avait jamais vue.

Jak déroula un parchemin ou un papyrus, sur lequel étaient gravés d'obscurs symboles, et l'ajusta soigneusement sur le torse du jeune garçon enchaîné. Dino sortit une bourse de sa poche et en retira un long silex. Du bout du tranchant il suivait le contour des premiers symboles en appuyant sur l'outil qui entamait la chair du jeune garçon. Celui-ci se tordait de douleur mais ne criait pas, comme s'il était sous l'emprise d'une potion pendant que Dino traçait d'autorité la route à suivre. Lorsqu'il eut terminé, il passa le silex à son voisin, qui fit de même et ainsi de suite jusqu'au dernier.

La scarification terminée, tous burent une goutte de l'eau du flacon, et versèrent le reste du contenu sur le torse sanglant du jeune homme. Dino, lui se contenta se s'humecter les lèvres. La douleur faisait onduler le corps dans un silence de mort. Ensemble, tous prononcèrent une phrase :

-Ita bibi aquam ! Foedus est, signatus est enim. Mori ne prodas. (Nous avons bu l'eau ! Le pacte en est la preuve, il est signé. Se taire ou mourir !).

A la demande de Dino, Jak découpa la peau du torse du jeune homme, sur lequel le pacte était gravé. Il roula le tout comme un morceau de tissu, qu'il introduisit dans un étui en cuir.

- Tu sais ce que tu dois en faire !
- Oui, Maitre des sources !

Dino se pencha alors sur le jeune homme, mangea son cœur et but son sang !

La surprise de Timo se mua en peur. Il était terrifié.

Des sueurs froides et des nausées assaillaient son corps par vagues. Il fermait les yeux pour ne pas s'abandonner aux crampes de son ventre, à toute cette aigreur, et cet écœurement qui l'agressaient de l'intérieur. Sa main se positionna devant sa bouche pour étouffer ses sanglots.

CHAPITRE XII

Chamboulé par l'horreur ce qu'il venait de voir il se recula pour fuir. Une branche craqua sous son pied. Le bruit l'avait trahi, les autres se retournaient et scrutaient la montagne. Il prit ses jambes à son cou et dévala la pente à toute allure.
- Vous n'avez entendu ? S'écria l'un des hommes.
- J'en suis certain, une branche a craqué derrière nous !

Alors que tous tendaient l'oreille Dino fit signe aux deux hommes cagoulés ayant conduit l'enfant d'aller voir.

Dans son empressement Timo fut emporté par une glissade sur des cailloux et il chuta lourdement. Dans un premier temps, il eut le sentiment d'être emporté, comme secoué par une vague géante qui le disloquait contre les rochers.

Il ne parvenait pas à stopper son mouvement, il tournoya dans les airs, vit successivement défiler les cimes des arbres, le sol, des arbres à nouveau, tout allait très vite. Puis les culbutes s'intensifièrent.

En roulant, il sentait sa tête et son dos heurter les souches de plus en plus violemment. Il tentait désespérément de protéger son visage avec ses bras. Mais il prenait de la vitesse. Et chaque bond procurait un atterrissage plus violent. Il avait de la terre et du sang dans la bouche, le nez et les yeux. Il avait beau contracter tous ses muscles pour amortir les chocs, il ne savait plus s'il roulait ou s'il volait. Son cœur allait sortir de sa poitrine. Il n'était plus qu'une masse soumise à la gravité et dévalant une pente dans une infinie douleur. Ses membres craquaient, se brisaient, dans un ballet sordide qui l'entrainait vers la mort. Le caillou qui heurta sa mâchoire, le stoppa net, le nez dans la poussière. Il se laissa basculer sur le dos un moment. C'était plus la paralysie que la douleur qui le tétanisait. Son visage avait perdu toute sensibilité. Ses mains étaient en feu.

Il cracha un mélange de sang, de terre et de salive, puis il gratta le sol autour de lui pour en évaluer la pente, tel une bête apeurée. Il avait glissé sous les branches d'un vieux sapin.

A quatre pattes, dans le noir, il chercha sa prothèse qui s'était déboitée. Il ne la trouva pas, elle s'était détachée et avait dû rester coincée plus haut. La douleur était insupportable, mais il était en vie ! Il s'abandonna ainsi un long moment, ne trouvant plus la force de bouger. Il sursauta en entendant les hommes de Dino parcourir la forêt. Ils avançaient lentement à la recherche d'indices. Cela faisait cinq bonnes minutes qu'ils tournaient au-dessus de lui.

- Tu vois quelque chose toi ? Cria l'un d'eux.
- Non, rien, ce doit être un animal qui est passé par là !
- C'est plein de chevreuils par ici, ça devait en être un qui a pris peur, conclurent-ils. Et avec ce vent, ça peut tout aussi bien être une branche qui est tombée.
- Bon, remontons dire au chef que c'était une fausse alerte.
- Oui, remontons ! Cet endroit me glace le sang !

Timo resta aplati sous les branches un long moment. Il ne put contenir un cri de joie, en les entendant s'éloigner. Il était en vie et ils ne l'avaient pas vu, ni lui ni son appareillage. A quatre pattes il remonta le long de la pente qu'il avait dévalée un peu trop vite à son gout. Cela lui prit plusieurs minutes et il fallut toute sa détermination pour atteindre un reflet de lumière qui scintillait dans la nuit. Il fut heureux d'y reconnaitre sa jambe qui était plantée là derrière un gros rocher. Après l'avoir saisie, il la renfila et dut pousser de toute son énergie pour se remettre sur ses membres flageolants.

Après plusieurs tentatives, il se mit debout, et avançait en titubant. La douleur était toujours aussi violente et il prenait soin de bien sécuriser ses appuis. Il marcha ainsi un long moment. Plus bas, il remarqua au bord du chemin une cavité rocheuse assez profonde pour s'y cacher qui s'offrait à lui. Il décida d'y entrer pour le reste de la nuit.

Il se blottit dans un coin. Trouver le sommeil lui serait impossible, il se repassait sans arrêt les images de cette vision terrifiante. Il avait eu peur ce soir, il avait vu ces types le poursuivre, passer tout près de lui, alors qu'il était tapi dans des buissons. Par chance, ils n'avaient pas remarqué sa prothèse restée un peu plus haut dans les pierres.

C'étaient des animaux ! Non, bien pire que cela, des monstres. Ils étaient à la fois si proches et si méconnaissables. Ils lui étaient familiers, c'étaient bien les hommes qu'il côtoyait au quotidien depuis des jours, avec lesquels il partageait ses repas. Ils étaient humains le jour, bestiaux la nuit, capables d'une cruauté impensable, et d'une totale absence d'éthique et de culpabilité. Il était effrayé par ce côté monstrueux qu'il pouvait y avoir dans leur humanité, cette monstruosité qu'ils laissaient apparaitre le moment venu. Il se mit à trembler plus fort. Lui qui avait passé des mois seul dans la nature, des nuits dans des sous-sols humides et froids n'était pourtant pas facilement déstabilisé ou impressionné, mais là, c'était différent, le danger n'était pas la nature, mais bien l'homme. Comment cet esprit maléfique avait pu arriver à tant de maturité pour n'éclore qu'à la demande ? La nuit s'était intensifiée. Il pouvait maintenant sentir le froid et l'engourdissement l'envahir. Il se recroquevilla dans le fond de la cavité pour sentir la chaleur de la terre. Mais rien à faire, il grelottait. Dehors, le vent s'était levé, il y en avait eu beaucoup ces derniers temps. Timo sursautait à chaque bruit, et écoutait chaque fois pendant plusieurs secondes les craquements de la nature qui gémissait sous l'assaut incessant des rafales.

CHAPITRE XIII

Au petit matin, il était blotti au fond de la cavité rocheuse. Son visage était recouvert de sang séché qui craquait dans les plis de sa peau. Transi de froid, il avait du mal à déplier ses membres endoloris. Par réflexe, il fouilla au fond de la poche de son pantalon pour vérifier si son couteau était toujours là.

Puis une pensée le dévasta, c'était l'heure où le clan se mettait au travail. Sans doute l'attendaient-ils ou le cherchaient-ils ? Désorienté et effrayé, il était certainement déclaré déserteur aux yeux du clan. Ils allaient forcément faire le lien. Il frissonnait de peur. Malgré tout, épuisé il se laissa peu à peu gagner par la nonchalance qui l'envahissait. Sa décision était prise, il n'y retournerait pas, il avait trop peur de se retrouver face à Dino.

Il s'endormit. Il fit un rêve, celui du jour où tout reprendrait un sens, où il arriverait à faire le lien avec son passé. Son corps était allongé dans les blés, sous une lumière intense, la même libellule se déplaçait avec élégance au-dessus de lui.

Sa patience et ses recherches finiraient par payer. C'était certain, il avait maintenant confiance en sa bonne étoile et sentait que quelque chose le guidait ici, comme pour l'amener sur un chemin déjà emprunté...

Oui, une force le guidait... il la sentait.

Le soleil qui s'était levé chauffait son corps. Il s'adossa au rocher hors de la cavité pour savourer la chaleur des rayons lumineux. Il repassait sans cesse la scène de la veille, le sacrifice, le sang, ...

Le choc salutaire reçu à la tête avait produit son effet et peu à peu la scène de la veille se transformait en une autre presque identique qu'il se souvenait d'avoir déjà vécue mais dans cette vision qui se superposait, il était plus jeune, adolescent... combien de cauchemars, combien d'images, combien de nuits sans dormir allait-il encore devoir supporter pour parvenir à rassembler les bribes de son passé ?

Mais les choses s'éclaircissaient à présent, cette secousse nocturne était plus précise, pour la première fois, il avançait dans la reconnaissance des visages et des lieux !

Dino le chef des pilleurs d'eau, officier de cérémonie, ce buveur de sang, n'était autre que son père... Et il se souvenait d'avoir déjà, de la même manière, assisté à la tenue d'une réunion identique étant enfant, lorsqu'il s'était échappé et avait trouvé refuge dans les forts après des mois d'errance. Effrayé par la mise à mort qu'il regardait dissimulé depuis des buissons, il entendait le cri qu'il avait poussé alors, qui avait déchiré la montagne et trahi sa présence. Il revoyait les hommes cagoulés affolés, sonnant l'alerte. D'autres l'avaient traqué. Il se rappela de la morsure des chiens qui avaient déchiqueté sa jambe. Ils l'avaient capturé et pour l'instant il cherchait à découvrir ce qui était arrivé après.

Il aurait voulu noter tout cela dans son carnet, mais celui-ci était resté dans la grange…

Comment tout cela était-il possible ? Comment Dino pouvait-il s'adonner à de tels rituels, comment avait-il pu ordonner de chasser son propre fils ? Dino était un monstre qui l'avait engendré.

Puis il aperçut de la poussière au loin, et entendit le bruit de moteurs. C'étaient ceux du clan qui partaient vers la montagne à toute berzingue en poussant des cris comme ils avaient l'habitude de le faire, juste pour s'amuser…

CHAPITRE XIV

Sa pensée resta figée sur ses affaires, restées là-haut dans la grange. Et surtout à son carnet. Dissimulé sous la paille, il ne devait pas tomber entre leurs mains. Il contenait trop de choses que Dino ne devait pas lire. Et puis il devait y écrire tout ce pan de mémoire soudain revenu. Il devait le récupérer coûte que coûte.

Maintenant qu'ils les avait vus à l'œuvre, il devait rester prudent, sa disparition allait les rendre méfiants. Sans doute le chercheraient-ils ? Feraient-ils le lien avec ce qui s'était passé, avec ce bruit qu'ils avaient entendu et qui avait comme cela avait déjà été le cas, trahi sa présence ?

Sa connaissance des lieux était un atout dont il devait tirer profit. Il se trouva une cachette à proximité de la ferme, sur un point culminant où les autres ne venaient jamais, surplombant les bergeries. De là, il prendrait le temps de vérifier que Dino et ses hommes n'avaient pas changé leurs habitudes depuis sa disparition, s'ils n'avaient pas posté un garde qui aurait pu faire obstacle à ses intentions. De sa cachette, il passa ainsi plusieurs jours à observer les mouvements de va et vient autour de la ferme. De son perchoir, il voyait clairement la ferme, la grange, la fontaine, et plus loin, l'habitation de Dino et Rima, l'atelier, et les deux bergeries juste en dessous de lui. Une partie de la clôture était même visible, ce qui lui permettait de surveiller Jule sur son tracteur bleu. Il voyait tout !

Ce qui le préoccupait, c'étaient les chiens que Dino lâchait maintenant lors de ses sorties prolongées et qui gardaient la propriété. En le voyant s'approcher, ils donneraient à coup sûr l'alerte ! Mais comment faire ?

Un mouvement dans les bois attira son attention. La jeune fille aperçue le jour où les deux idiots étaient tombés dans le ravin, se rapprochait de la zone interdite. Elle trainait avec elle deux gros bidons. Elle marchait sans laisser de trace et profitait d'un passage sous le grillage pour s'introduire dans la propriété.

Il observait attentif la partie de cache-cache qui se déroulait sous ses yeux. D'un côté le clan qui disait défendre son territoire des voleurs, et de l'autre cette fille bien inoffensive qui bravait le danger, mais dans quel but ? Et ces bidons à quoi servaient-ils ? Venait-elle chercher de l'eau potable ? Etait-il possible qu'elle en fut privée ? Qui était-elle ? D'où venait-elle ? Autant de questions auxquelles Timo n'avait de réponse. Ce dont il demeurait certain, c'est qu'elle était d'une beauté invraisemblable au milieu de toute cette médiocrité.

Il resta ainsi plusieurs jours à observer.

Elle était devenue son rayon de soleil, et chaque jour, tout en surveillant l'activité du clan, il attendait sa venue...

Il s'amusait de voir avec quelle habileté elle filait entre les rangs des pilleurs d'eau pour monter en haut de la montagne remplir ses bidons. Comment elle les redescendait un à un en les dissimulant sous une souche. Elle était habile, mais prévisible. Le tracé qu'elle empruntait était toujours identique.

Il ne parvenait pas à s'affranchir de l'image de ce monstre buveur de sang qu'était Dino. De grands moments de troubles s'emparaient de lui, en pensant à son ascendance avec lui...

Il observa Rima. Cette femme mystérieuse était très active, toujours pressée. Et derrière son apparence gentille et bienveillante, elle devait cacher bien des choses. Il en était certain. Elle en savait plus qu'elle n'en disait, cette adepte du jeu de rôle, se réfugiant derrière la forte personnalité de son mari quand cela faisait ses affaires. De la grande stratégie ! Il nota qu'elle fermait à clé son atelier chaque fois qu'elle le quittait. Elle la cachait sous un des bidons bleus.

- Bizarre, d'autant que partout ailleurs, tout restait ouvert ! Se dit-il.

Elle ne portait pas non plus systématiquement le masque et le tablier qu'il avait vus l'autre jour. Leur port ne semblait être conditionné que par certaines tâches qu'elle exécutait. Le lieu n'était donc pas plus irradié que cela !

Il aperçut Dino se dirigeait vers l'atelier à grandes enjambées. Que pouvait-il bien aller y faire ? Il fut étonné de voir qu'une dispute éclata entre lui et Rima. Et ce fut elle qui semblait dicter sa volonté. Oui, Dino se soumettait ! C'était donc bien elle le vrai monstre ! L'organisateur secret !

Le coq n'était donc qu'un chapon !

Les chiens étaient un système d'alerte infaillible. Rien ne leur échappait, et ils donnaient de la voix à chaque fois qu'un intrus arrivait.

Cette fois, il constata que Dino avait oublié de les faire sortir en partant. Seule, Rima était restée dans son atelier.

Tout était calme, et Timo sentit une force qui le poussait à agir… Il descendait à pas de loup vers la grange, attentif au moindre bruit. En arrivant près du but, il se mit à courir. Après s'y être introduit, il se dirigea directement vers sa paillasse. Il écarta la paille, souleva la maigre planche de bois qui servait de sommier et se saisit de son sac. Il l'ouvrit pour en vérifier le contenu. Il fut soulagé de constater que tout était en ordre, il pouvait partir. Il ne demanda pas son reste. Il saisit sa panetière sous son bras et s'enfuit à grandes enjambées. Son cœur battait à cent à l'heure, et il ne s'arrêta de courir que lorsqu'il eut la certitude d'être à bonne distance de ces monstres.

Il prit soin d'aller cacher ses affaires dans un trou de sa grotte dont il obtura l'orifice.

Il passa ainsi plusieurs jours pour s'organiser un campement discret dans ce lieu austère et froid, avant de se mettre en quête de nourriture.

Il continuait néanmoins à observer à distance l'activité du clan. Il était fermement décidé à obtenir de Rima des explications sur tout ce qu'il venait de vivre et peut-être sur son passé ?

Mais toutes ses pensées étaient tournées vers la jeune voleuse d'eau. Il ressentait pour elle une attirance particulière. Malgré sa jambe qui ne le mettait pas en valeur, il n'en demeurait pas moins un homme. En un instant il était tombé sous le charme de cette femme qui prenait tous les risques pour s'introduire sur le territoire interdit...

CHAPITRE XV

Un matin, il décida de provoquer la rencontre avec celle qui occupait désormais une grande partie de ses réflexions... son coin de ciel bleu...
Il se mit en marche sur le sentier par lequel elle arrivait jusqu'à la clôture. Lorsqu'elle apparut, il fut subjugué ! C'était une femme brune, très jolie. Elle semblait avoir sept ou huit ans de plus que lui. Jamais il n'avait eu l'occasion de rencontrer pareille créature. Elle dégageait une telle grâce, un subtil mélange de distinction et de sauvagerie espiègle... Le cœur de Timo battait à grands coups dans sa poitrine, distillant un trouble délicieux inconnu jusqu'alors.
D'abord méfiante, lorsqu'elle l'aperçut, elle tenta immédiatement de s'enfuir.

- Attends, je suis là pour t'aider... je t'ai vue passer sous le grillage... Je suis un voyageur, je ne suis pas avec eux !

Sara, incrédule, croyant à un piège, observait les alentours. Elle s'enfuit à grandes enjambées.

Plutôt que de la suivre, il la regarda s'éloigner et s'installa au pied d'un mélèze. Il aurait parié qu'elle ne tarderait pas à revenir.

Quelques minutes s'écoulèrent et il entendit craquer une branche derrière lui.

- Je suis là, lança-t-il.
- Tu es seul ? dit-elle.
- Oui, tu peux avoir confiance.
- Qui es-tu ? Que veux-tu ?
- Je m'appelle Timo, j'ai fui la ville, je cherche un endroit où aller...

Sara fit mine de s'éloigner...

- Attends, ne pars pas !

J'ai vu comment tu arrives à passer... Ils cherchent à te coincer !

Elle se retourna et s'approcha de lui.

- Tu ne m'apprends rien ! Pourquoi je te ferais confiance ?
- Je ne sais pas, peut-être parce que nos vies se ressemblent, et que j'ai envie de t'aider. Je ne suis pas comme eux ! Pourquoi vas-tu chez les pilleurs d'eau avec tes bidons ? Où vis-tu ? Vis-tu seule ?
- Cela fait beaucoup de question, ne crois-tu pas ?
- Oui, pardon, en effet, répondit Timo qui se sentit tout à coup gêné par tant de maladresse.

Elle répondit par un sourire

- En effet, cela fait beaucoup mais je suis seul depuis si longtemps...

Elle posa ses bidons et s'assit sur l'un d'entre eux.

- Je vis dans une petite communauté qui s'est installée dans un hameau dont presque tous les habitants avaient fui, laissant derrière eux, seuls, quelques vieillards. Nous sommes privés d'eau potable, comme tout le monde, tu ne peux l'ignorer.

- Oui, bien entendu, je viens de la ville et là-bas, ce sont des camions citernes qui les alimentent. Le spectacle des gens qui se battent pour un peu d'eau est une désolation. D'autres meurent dans des douleurs terribles après avoir consommé de l'eau souillée.

- Je suis à la recherche d'eau potable pour la communauté depuis toujours. Bien que nous soyons sur le territoire de Dino, il nous tolère, et vient rarement nous poser des problèmes... Enfin tant qu'il sait que tout est sous contrôle !

Je mène un combat et une partie de cache-cache quotidiens dans la zone interdite pour ramener à boire aux miens. J'ai déjà eu des moments difficiles et j'ai failli me faire attraper plusieurs fois. J'ai dû me battre aussi...

Elle baissa les yeux, s'interrompit pour verser quelques larmes.

J'ai perdu mon père, les hommes de Dino l'ont attrapé, et assassiné...

Timo était sous le charme de ses yeux noisette. Il lui proposa de l'aider.

- Reviens demain si tu veux, et nous irons ensemble, lança-t-elle en se relevant subitement et en s'éloignant en courant.

Là encore, il resta muet et ne tenta pas de la suivre. Certes ce n'était pas la proposition la plus romantique du monde, mais c'était un bon début ! Et que lui était-il arrivé d'aussi bien durant ces derniers jours ? Il sourit en tournant la tête, et repartit le cœur empli de joie jusqu'à sa grotte.

Cette rencontre lui avait ouvert l'appétit, et il releva le collet qu'il avait placé dans le bois derrière sa cachette. Un beau lapin en avait fait les frais. Il le fit cuire sur une branche, et le dévora avant d'aller s'endormir.

Le soir, il coucha ses pensées dans son carnet : « elle est de ces personnes qui vous touchent plus en une fraction de seconde, en un sourire, que d'autres à côté de qui vous pouvez passer toute une vie. Je l'ai connue d'un regard, et aimée d'instinct, d'elle j'aime tout, ses paroles comme ses silences... »

Le lendemain, il ne tarda pas à se mettre en route pour rejoindre le point de rendez-vous. Il attendit un long moment et ne la voyant pas arriver, il s'éloigna et s'adossa à un rocher. De là, il ne pouvait pas la rater, il la verrait arriver, et n'aurait plus qu'à la rejoindre. Puis elle apparut. Il l'observait sans bouger. Elle piétina quelques instants, et voyant que celui-ci tardait, elle allait partir. C'est ce moment qu'il choisit pour se précipiter vers elle.

- Pardon, cela fait longtemps que tu m'attends ?
- Je viens juste d'arriver, fit-elle en souriant !

Pas plus l'un que l'autre n'admit cet hypothétique hasard qui les avait fait arriver en même temps. Ils se contentèrent d'un rire complice pour toute explication.

Durant deux jours, ils se retrouvèrent pour aller conquérir de nouveaux territoires afin de récupérer de l'eau pure.

Le troisième jour, alors qu'elle l'entrainait vers le trou sous la clôture, Timo lui saisit la main.

- Non ! Pas par-là !

Je crois qu'ils ont compris et je vais te montrer un passage plus sûr, un peu plus haut !

Elle le suivit, et ils arrivèrent à un passage sous le grillage qui n'était pas visible depuis la ferme mais qu'il avait remarqué de sa cachette.

Sara heureuse de cette découverte, acquiesça d'un signe de la tête, comme pour féliciter la perspicacité de Timo. Il demeurait impassible mais fier de lui.

Ils se faufilèrent à travers un bois où régnait une étonnante luminosité et arrivèrent directement dans les alpages. Là, à son tour, elle lui prit la main et l'entraina vers une barre rocheuse. En contre-bas à l'air libre coulait un tout petit torrent. Son cheminement s'interrompait à l'entrée d'un petit ouvrage en béton duquel aucune eau ne ressortait. Le lieu était d'une beauté saisissante, et l'eau y était abondante.

- Qu'est-ce donc, questionna-t-il.
- C'est un captage, la montagne en est truffée.
- Mais où va l'eau ?
- Viens, suis moi, tu vas comprendre.

Timo ne parvenait pas à cacher son étonnement, et posait d'innombrables questions à sa compagne sur cet endroit. Elle se contentait de le regarder en souriant, et tournait autour de lui en s'accrochant à sa main dans une valse enivrante. Ils semblaient être au Paradis !

- Viens je vais te montrer quelque chose ! Dit-elle d'un air enjoué.
- Quoi ?
- Tu vas voir… C'est la plus belle histoire que la vie puisse nous conter. Une histoire de sens. Tu ne seras pas déçu.

Elle le saisit par la main et l'entraina plus haut vers le pied de la montagne. La fatigue alourdissait ses jambes, mais Timo se laissait porter par l'enthousiasme de Sara.

Après quelques minutes, ils arrivèrent à l'aplomb d'une barre rocheuse qui s'élevait, verticale au-dessus d'eux. L'eau dévalait les pentes recouvertes d'une herbe courte et bien verte en une multitude de ruisselets qui se rassemblaient plus en aval en un majestueux torrent. Plus loin, à quelques minutes encore coulait une cascade, très fine, dont l'eau semblait d'une pureté infinie... En la découvrant, il fut ému par la beauté du lieu, et ne sut quoi faire. Il resta là un moment debout, sans parler, se contentant de sourire, l'air ébahi.

Elle l'entraina vers la chute d'eau, se mit pieds nus et disparut un instant dans ce brouillard fait de fines gouttelettes.

- Viens, Allez viens ! Suppliait-elle en l'éclaboussant.

Il n'osait pas en raison de sa prothèse, et se contentait de la regarder étonné en riant.

- Ne devrions-nous pas faire preuve d'un peu de prudence ? Si quelqu'un nous voyait ?

Pour toute réponse, elle dansait sous l'onde, et la diffraction des rayons lumineux dans l'eau pure avait donné naissance à un arc en ciel qui se projetait sur le rocher...

Voyant qu'il ne la rejoignait pas, elle vint s'asseoir à côté de lui.

- Ça va ? C'est beau n'est-ce-pas ?

- Oui, c'est magnifique, tellement loin de tout ce que j'ai vu jusque-là !

- Raconte-moi, c'était où ?

- En ville, partout le long du lac et de la rivière. Les pauvres des villes n'ayant pas les moyens de se payer de l'eau, sont venus s'y installer dans de grands campements sauvages. Ils meurent en se tordant de douleur après avoir bu l'eau polluée…

- Et toi, que t'est-il arrivé ? Coupa-t-elle.

- Je ne sais pas, j'ai perdu une partie de ma mémoire, je ne me souviens de rien. J'ai certainement eu un accident, j'ai un souci à ma jambe ! Je dois te montrer…

Sara prit un air grave, remua ses doigts un instant avant de se lancer :

- L'eau étincelante de cette cascade, et des ruisseaux, n'est pas seulement de l'eau, elle est comme notre sang.

Dans le murmure de l'eau j'entends la voix de mon père…

Ma communauté a toujours reculé devant les pilleurs d'eau, mais ne vient-il pas un jour où la brume doit se retirer face à la lumière ?

Dino a choisi le commerce plutôt que la raison, ces clôtures que nous avons franchies pour venir jusqu'ici en sont le témoignage…

- Que veux-tu dire ? Reprit Timo.

- Ce que je veux te dire, c'est que la terre n'appartient pas à l'homme, c'est l'homme qui appartient à la terre, tout est lié, comme le sang qui lie une même famille.

Et l'eau c'est le sang qui unit les hommes, elle appartient à tous, les clôtures, les propriétés ne devraient avoir aucune valeur face à l'universalité de son message !

Soyons surs que juché sur ses convictions, son argent, ses préjugés, son petit pouvoir, Dino se trompe…

- Oui, je ne comprends pas comment tout a pu basculer à ce point, affirma Timo.

Sara s'interrompit un instant avant de reprendre.

C'est cette eau que je viens chercher tous les jours pour ma communauté. En faisant cela, j'accomplis l'acte de la vie…
Elle souriait… ses dents étaient d'une blancheur éclatante.
Il y aurait beaucoup à dire sur l'eau, pour s'en convaincre il suffit de savoir observer, personne ne m'a rien appris sur elle, mais je ressens un lien très fort entre nous. A force de la chercher, de l'observer, j'ai appris à la comprendre, et même à communiquer…

Elle allait dire quelque chose, Timo l'interrompit.
- Communiquer ? Comment fais-tu ?

- Tu vas voir, répondit-elle. Notre corps est fait d'eau, tu sais cela ?

- Oui répondit-il. Chacun sait cela.

- C'est cette eau qui à la fois compose nos cellules, et qui leur permet de se déplacer dans notre organisme pour aller rejoindre le lieu où elles accompliront la mission pour laquelle elles ont été programmées. En ce sens, l'eau est bien plus forte que le sang qui n'est qu'un transporteur de carburant. Elle est à la fois le composant principal, et le médiateur qui lie les fonctions entre elles et transmet les messages pour que nous restions ce que nous sommes. Elle est l'univers de nos cellules, à ce titre elle contient à elle seule le message de la vie.

Comprends-tu bien ce que cela implique ?

- Oui, je crois répondit Timo, qui avait écouté avec attention ce que Sara lui racontait.

- Tu sembles ne pas me croire, dit-elle, je le vois bien.

- Si, mais tout ceci est si inhabituel, si loin des préoccupations des gens que j'ai croisés jusqu'ici sur ma route… Tout me semble irréel, toi, cette cascade, ce lieu, cette conversation…

Sara, reprit son exposé :
- Vieillir, c'est subir cette dégradation permanente du temps. Nos cellules, n'y échappent pas. C'est comme si elles s'usaient en accomplissant leur mission. Pour combattre cette dégradation, les cellules se reforment donc sans arrêt, en se recomposant, et le milieu qui permet cela, c'est l'eau. C'est dans l'eau interne que les cellules laissent le message de leur identité, pour que de nouvelles se créent. Et qu'elles ressemblent à celles disparues en maintenant leur fonction.

Tu te souviens de la première fois que tu m'as vue ?

- Oui, assurément, c'était...

- Attends, ne dis rien ! Interrompit Sara.
- Et bien la Sara que tu as vue voici quelques jours, n'est de ce point de vue, plus la même que celle que tu as aujourd'hui devant toi, pourtant à première vue, elle est semblable. Depuis l'autre jour, des milliards de mes cellules se sont tuées à la tâche, et ont été remplacées. Malgré cela je suis en apparence la même. Mon caractère est le même...mon sourire est le même. Et pareil pour toi. C'est un peu comme cette cascade qui coule, l'eau n'y est jamais la même mais la cascade garde toujours son apparence.

Timo se grattait la tête devant toutes ces révélations auxquelles il n'avait jamais songé. Sara pétillait, elle rayonnait, plus vivante que ce qu'il avait pu imaginer, elle qui ne faisait que survivre.
Elle était tellement plus que tout ce à quoi il s'attendait. C'était comme si elle vivait dans un monde parallèle duquel elle parvenait à décoder les lois de la physique selon sa propre volonté. !
Alors que ce monde l'enserrait dans sa tenaille de fer, alors que le métal se voulait définitivement rouille au fond de ses yeux, alors que partout les hommes étaient en guerre pour l'illusion de posséder toujours plus... Alors que la planète gémissait sous les assauts maladroits de tant de mauvais traitements, l'insolence de sa beauté était la revanche sublime sur le pauvre diable gémissant qu'il était. L'impertinence de son éclat était l'improbable qui arrive, qui rayonne enfin. Elle

était terrible de douceur au milieu de la dureté de leurs vies!

- J'ai compris tout cela d'instinct, ajouta-t-elle, en voyant Timo absent, et j'ai compris que l'eau a comme une sorte de mémoire. Tiens regarde, je vais te montrer.
Elle l'observa avec une expression déterminée, et saisit un peu d'eau dans le creux d'une de ses mains tandis que de l'autre, elle attrapa celle de Timo, comme pour l'inviter à la suivre. Elle entonna ensuite un fredonnement guttural majestueux et harmonieux, en concentrant son attention sur le liquide qu'elle avait recueilli dans sa main.

Timo était sur un nuage, comme hors du temps. Le temps passé auprès de Sara semblait être fait de moments inoubliables dont il aurait voulu ne jamais se défaire. Il posa soudain son regard vers sa main, l'eau s'était mise à frissonner et à s'organiser en une jolie figure concentrique, telle une fleur, avec des pétales finissant en pointe. Mais Timo ne réagit pas, comme si le changement qui s'opérait au creux de la main de sa compagne, peu à peu envahissait son propre liquide interne. Il se sentait différent, il glissait, comme relaxé, en apesanteur presque, il ressentait pour la première fois simultanément les deux hémisphères de son cerveau, et des échanges de signaux entre eux résonnaient dans sa tête.
Il parvenait à se connecter à ses émotions, à ses ténèbres intérieures qui avaient tant à lui révéler. Le plus étonnant, c'était la facilité avec laquelle il en avait obtenu l'accès alors qu'habituellement, même en se concentrant à l'extrême il ne maitrisait en rien la façon

d'y parvenir. Et cela ne durait que de trop courts instants.

Là, au contraire, il mesurait un ralentissement de sa respiration, et une chute de sa tension artérielle. Il était installé dans une sorte d'extase, un sentiment d'extrême bien être, qui lui faisait oublier la douleur de son moignon irrité par sa prothèse.

Lorsque Sara interrompit son chant, elle resta immobile, lui accordant un moment pour recouvrer ses esprits. Toute idée de temporalité et d'environnement avait disparues.

Elle reposa doucement sa main en lui souriant.

- Comment parviens-tu à faire cela ? Que s'est-il passé ? Lança-t-il avec un émerveillement non dissimulé.

Sara, toute tremblante, comme si elle en avait trop fait, baissait les yeux :
- Je ne sais pas, ce n'est rien…
Il va falloir y aller, il se fait tard, je dois faire ma livraison ! Allez, partons maintenant !

- Mais tu ne m'as pas répondu !
- Une autre fois, allez, nous devons partir.
Face à l'insistance de Sara, il se leva et se mit à marcher.

En descendant, les bidons que Timo transportait pour elle semblaient ne rien peser, son état euphorique l'immunisait contre toute douleur… Comme s'il était en lévitation, à l'instar de cette eau qu'elle avait tenu dans la main…

Le long du chemin, ils s'amusaient de la situation. Tous deux mettaient à profit ces instants privilégiés pour jouer, rire, se courir après, se laisser aller à des moments d'insouciance, enfin, oublier un peu leurs médiocres conditions, elle qui risquait sa vie, lui, qui n'avait plus d'endroit où aller.

Ils descendirent les prairies à travers le territoire interdit, jusqu'à la clôture, puis jusqu'au sentier, et en rendant ses bidons à Sara, il prit un air grave, se racla la gorge, et lui annonça qu'il devait s'absenter.
- J'ai quelque chose à régler, je vais devoir m'absenter quelques jours,… mais je vais revenir bientôt.

Une tristesse évidente se lisait sur le visage de Sara qui ne répondit rien. Elle le regarda surprise. Puis sans poser de question, elle baissa la tête et se contenta de s'éloigner avec ses deux lourds bidons.

Debout sur le sentier, il l'observait pour vérifier si elle allait se retourner.

De son côté, elle mourrait d'envie de le faire, mais se retenait.

Déçu, Timo avait tourné les talons, et ne vit pas qu'elle l'avait fait, mais un peu plus tard.

Chacun reprit son chemin avec le cœur gros, sans avoir échangé un dernier sourire.

CHAPITRE XVI

C'était un bel après-midi, et la petite brise qui soufflait rendait la chaleur supportable. Il vit Rima s'éloigner avec son panier. Il supposa qu'elle partait ramasser quelques fruits ou quelques tubercules dont elle avait le secret, et qu'elle incorporait dans la cuisine qu'elle leur servait. Enfin, aux autres, car pour lui c'était terminé ! Saisissant l'occasion, il décida de la suivre, bien déterminé à obtenir quelques explications.

Sans bruit, il suivait sa trace.

Rima s'avançait d'un pas décidé, vers son lieu de cueillette, portant à la main son petit panier.

Sa blouse grise de nylon, qu'elle portait été comme hiver flottait avec le vent sur son jeans délavé.

Elle était petite, un peu boulotte, pas laide, pas belle, sa coupe de cheveux masculine, ajoutait à la sévérité de ses traits, et surlignait son absence de bonté. Une de ses incisives supérieures avait poussé de travers, elle s'empêchait de trop sourire pour ne pas la montrer.

Il s'assura que personne ne soit dans le périmètre autour d'eux, et commença à se rapprocher d'elle. Elle grimpait à l'assaut d'un petit abrupt en cherchant ses appuis sur les roches en saillie où elle posait ses pieds avec une agilité déconcertante.
- Cette femme est un chamois ! se dit-il.
Pour la suivre, il devait s'aider des broussailles et des troncs pour se hisser sur ses appuis. Après un long effort, il parvint à une longue corniche. Il était haletant de sueur, tandis que Rima semblait continuer sa promenade sans peine. Elle avait atteint un petit arpent de prairie où se tenait une vieille chapelle devant laquelle il y avait une assez vaste esplanade qui dominait la vallée s'étirant vers le chef-lieu. Elle était soutenue par un immense escarpement de roches noires tourmentées qui finissait dans un champ bordé de frênes.

Penchée vers le sol, occupée à sortir de terre de longues racines, Rima n'avait rien remarqué. Il décida de saisir l'occasion pour fondre sur elle.

Elle sursauta en entendant des pas approcher dans son dos et poussa un cri en voyant Timo.

- AHHHH !

Instantanément elle se dressa en serrant les ciseaux qu'elle tenait fermement. Au son de sa voix sèche, déformée par la peur et la rage contenue, elle se mordilla les lèvres.

- C'est toi ? Je... Je ne pensais pas... Je croyais...
Puis elle s'interrompit pour reprendre son souffle, avant de reprendre d'un ton sec :
- Qu'es que tu fais ici ?

Il ne répondit pas et se rapprochait en la regardant fixement.

- Tu veux quoi, tu étais où ?

- Je vais partir...
Mais je veux savoir... Je ne vous ai pas tout dit ! Je fais des cauchemars depuis des semaines. Dans certains de mes cauchemars, la ferme apparait, la bergerie aussi, et la grange, et Dino qui sacrifie un jeune garçon...

Elle se mit à ricaner. Puis il vit la colère monter en elle. Ou plutôt non, pas une colère, mais une fureur. Elle referma la bouche, rougit. Une expression indéfinissable traversa son regard. Parfait se dit Timo, il était temps qu'elle ait peur, elle allait tout lui raconter...
- Savoir quoi ? Tu es chez nous ici,
... Nos ancêtres se sont établis ici depuis des siècles.
Alors...

Ce n'est pas toi qui vas changer le cours de l'eau!

C'est nos sources, notre eau ! Nous les gérons depuis trois cents ans !

Il y a des règles ici, on ne se mêle pas des histoires des autres !

Elle hurlait et le bruit de sa voix n'avait d'égale que sa colère !

Il la voyait sous son vrai jour, la femme de la ville qu'elle était, s'était mutée en monstre aigri, ou plutôt jusque-là avait-elle bien caché la valeur de sa vraie nature. Mais de quoi pouvait-elle souffrir pour afficher tant de haine ? Une blessure secrète ? Tout à coup, elle releva le menton, et un sourire énigmatique apparut sur ses lèvres. Une seconde lui avait suffi pour changer de visage. Ce changement déstabilisa le jeune homme.

- Je leur avais dit de se méfier de toi...

Ces montagnes sont à nous.

...On te tolère ici. On te tolère ici, tu entends, tu n'es rien !

Sache-le !

A nouveau de l'écume blanche réapparut aux commissures de sa bouche et moussait davantage à chaque parole.

- Ici, le soleil luit mais ne brule pas !

Et tu sais pourquoi ?

Parce que l'eau coule !

Et toi, tu étais comme une mouche à miel, tu as pris ce que je t'ai offert...

En retour, je n'ai qu'ingratitude !

Tu mets en péril tout un équilibre obtenu à la sueur de nos fronts !

Mais ça, bien sûr, tu t'en fiches !

Tu es un traitre, tous ceux qui sont ici ont été sauvés par mon action ! Hein, sans moi, ils seraient où ? Délinquants, morts de soif ?

Alors je n'ai rien à te dire, tu ne sauras rien de moi !...

Tu ne mérites rien…Tu ne vaux même pas l'eau que tu bois !

Il la regardait en pensant que finalement la croix païenne qui était suspendue à son cou n'était pas là par hasard, c'était bien plus qu'un accessoire.

- C'est habile de ta part de jouer l'innocente victime, la femme fragile et vulnérable. Quelques jours plus tôt, je serais tombé dans le panneau. Mais aujourd'hui… Je ne me laisserai pas berner par tes faux airs, je veux savoir.

Timo ne bougeait plus. Il n'éprouvait plus que du mépris.

Après tout, les choses auraient pu en rester là, cette méchanceté avait valeur de réponse. Mais il y avait autre chose qui rongeait Rima, il ne savait dire quoi, mais il en était certain. Il l'observait. Il voulait qu'elle le dise.

Elle se mit à lui lancer des insultes en s'approchant de lui, comme un guerrier hostile avant le combat. Timo était submergé par cette notion nouvelle, il ne se sentait pas prêt à se battre, mais cela semblait être la volonté inéluctable de son adversaire. Et le jet continu d'injures, de mots aussi méchants qu'inutiles dont il faisait les frais, et qu'elle hurlait, était le témoin du violent rejet dont il était la victime. Ce bouillon de ruisseau qui raclait ses fonds, ces petits ratés de sa langue gonflée de colère contre son palais, cette bave blanche accumulée aux portes de sa bouche nauséabonde, ses yeux exorbités, tout ce qu'elle hurlait de vulgarité prenait un air de naufrage.

Lui se tenait debout, offrant son flanc à cette vieille folle qui plantait ses mots jusque dans sa chair avec férocité. Il se rendait compte qu'il ne maitrisait plus la tournure que prenait cette confrontation, à laquelle il s'était pourtant préparé. Pour la calmer, il ne répondait pas, et commençait à reculer vers le bord du champ. Debout, adossé à cette falaise escarpée, il était à la fois raide et tremblant, à demi terrassé par les rafales de propos vulgaires et méchants qui l'avaient heurté. Il serra les poings. Cela faisait trop mal. Il inspira profondément. L'humiliation qu'il était en train de subir était plus qu'il ne pouvait supporter, mais mieux valait ravaler sa colère, ce n'était pas le moment de provoquer le monstre qui se réveillait en elle.

Soudain, elle se précipita sur lui, et l'empoigna par le bras. En l'attirant à elle, elle lui assigna un coup de ciseaux dans le ventre. Il sentit le coton de sa chemise s'imprégner de liquide chaud et se coller à sa peau.

Blessé, sentant l'urgence de mettre un terme rapide à cette crise de démence, et à cette attaque, dont l'issue lui paraissait fatale, il attrapa le bras de Rima, la fit tournoyer et l'envoya valdinguer loin, dans un roulé-boulé qui l'entraina à glisser à plat ventre le long d'une rampe d'éboulis surplombant la falaise. Elle n'eut pas le temps de crier et disparut aussitôt, comme happée par la pente.

En glissant sans dire mot, elle le regarda droit dans les yeux en lui tendant ses deux mains qui semblaient le suppliaient de la retenir.

Muet d'incrédulité, et comme paralysé, il resta figé. Il la regarda filer dans l'éboulis où son corps s'était mis à rebondir en se disloquant davantage à chaque ressaut.

Emu, les yeux remplis de larmes il tomba sur place, coupable de cette chute qu'il n'avait pas voulue et qui aurait pu être évitée si face à lui il n'avait pas eu une bête enragée et hors de contrôle.

Il était accablé par ce sentiment de culpabilité, il était désormais un assassin, il portait sur ses mains le sang de Rima, comme Dino portait sur les siennes celui des jeunes gens sacrifiés.

Il avait honte de lui, de sa famille, de sa vie, de tout ! Il n'était au fond qu'un monstre.

CHAPITRE XVII

Il passa ainsi plusieurs jours, seul, sans boire, sans manger, presque sans dormir. Il ne pouvait se résoudre à accepter ce meurtrier qui désormais cohabitait en lui.

Il était coupable, il avait commis un homicide, il ne valait pas mieux que les pilleurs d'eau, il était comme eux...le meurtre de Rima l'avait fait sombrer dans la douleur et le désespoir. Il se terrait dans son trou ne méritant rien d'autre que l'exclusion... Après tout ce qu'il avait traversé, cet acharnement du sort, c'était le coup de trop, l'injustice absolue. Trouverait-il la ressource nécessaire pour affronter cette nouvelle épreuve ? L'image du corps de Rima se disloquant et rebondissant sur la falaise le hantait. Même si c'était un accident, cette mort était maintenant en lui, elle coulait dans ses veines et serait mêlée à jamais à son sang.

Cette culpabilité était plus intraitable qu'un jury d'assise, elle était permanente. Sa justice intérieure de chrétien l'avait condamné. Comment pouvait-il en être autrement ? Peut-on ôter la vie sans scrupules, sans remords, sans sanction ? Non, bien sûr !

Sans doute un tribunal classique aurait pu lui trouver des circonstances atténuantes, invoquer la légitime défense, l'accident, et tout un tas d'autres choses, mais celui de sa conscience le condamnait à une peine bien plus lourde. Mais à la fois la seule supportable, l'isolement, la honte, la solitude encore et toujours.

Et puis il pensait à Sara. Il avait terriblement besoin d'elle, tout de suite. C'était tout ce qui lui importait. Mais comment lui avouer ce qu'il était devenu ? Comment ne pas le lui avouer ? Tout reposait encore sur lui, et lui seul, sa capacité à instruire son propre cas. Refuser sa culpabilité, c'était prendre le parti du désordre, de la violence, du vol, c'était asseoir les actes des pilleurs d'eau et de leur bande, accepter la méchanceté de ce monde, et en faire la promotion. Il ne pouvait s'y résoudre.

Il s'interrompit pour écrire tout cela dans son carnet, mais s'abstint. Il savait qu'une confession aussi intime pouvait avoir force de preuve entre de mauvaises mains. Il se contenta de griffonner un croquis d'un corps tombant, suivant la verticalité d'une falaise. Un dessin très noir, fait de grands traits.

Quelques jours plus tard, il prit le chemin du village dont lui avait parlé Sara, se disant que pour une fois il allait saisir sa bonne étoile, tout lui raconter. Et il se soumettrait à son jugement.

Après quelques heures de marche, il arriva dans le village où vivaient les porteurs d'eau. Il était situé sur un éperon rocheux entouré de précipices. Le sol ne présentait que cailloux et pentes abruptes, montées et descentes vertigineuses. Quelques rares prairies au nord, entre les dernières maisons et la montagne servaient à des jardins potagers. Rien d'étonnant à ce que ce hameau d'une vingtaine de maisons ait toujours formé une communauté à part au sein de la vallée. D'ailleurs un certain quatorze aout mille sept cent quarante, à la suite d'un orage et d'une pluie, restés dans les mémoires et dignes du déluge biblique, n'était-ce pas à ses pieds que la rivière, obstruée dans son cours, par le glissement des terrains environnants, se transforma en un immense lac, séparant les destins des habitants de la haute et de la basse vallée.

Les maisons étaient disposées en deux rues étroites, se rejoignant derrière la chapelle. La porte de celle-ci ouvrait sur un tombant impressionnant, offrant un panorama grandiose. A l'entrée du village, une placette, avec en son centre un gros rocher, et une fontaine de pierre accueillaient le visiteur. En dessous, un ancien lavoir semblait animé d'une agitation intense. Il y reconnut Sara qui qui brossait quelques peaux de bêtes en compagnie d'autres femmes.

Se sentant observée, elle leva les yeux, et aperçut Timo. Elle courut vers lui pour l'accueillir.

En la voyant courir vers lui, il stoppa pour se tenir légèrement à distance des autres personnes près du lavoir. Il ne se sentait pas rassuré par la présence de tous ces regards de femmes braqués sur lui. Ce qu'il devait lui révéler ne pouvait se dire que dans l'intimité. Elle se jeta dans ses bras, et il la serra fortement.

- Enfin te voilà ! Tu m'as manqué.
Que s'est-il passé depuis tout ce temps ?

La chemise en flanelle et le tricot qu'il portait étaient déchirés, tâchés de sang. Elle écarta le tissu et découvrit une blessure.
- Mais tu es blessé ! Laisse-moi voir.
- Ce n'est rien, dit-il.
Sa gorge trop sèche pour parler, il déglutit péniblement.

- Viens, je vais te soigner !

Le visage de Timo se ferma :
- Non, d'abord je dois tout te raconter,...
Ne sachant par où commencer, il lâcha des bribes saccadées du texte qu'il avait répété des dizaines de fois dans sa tête en marchant.
- Le temps presse...
Il faut juste que tu saches que...
... J'ai été pris par les hommes de Dino...

Sara souriante lui lança :
- Et alors, tu es là maintenant ?

- Ils m'ont fait travailler, ...

Je me suis battu avec Rima,
…Et j'ai fui,
Tu as bien vu,
…Je t'ai aidé à déjouer leurs pièges,
…Je t'ai aidée à ramener de l'eau !
Je peux rester ici ?
Il tremblait comme une feuille secouée par le vent.

- Je ne sais pas…
Je ne sais pas si la communauté va voir ça d'un bon œil.

Elle réfléchit quelques instants.

- Je vais dire que tu es un voyageur de passage et que tu demandes l'hospitalité pour quelques nuits, le temps pour toi de te reposer un peu.

En échange ne dis rien de notre histoire. Nous ne nous sommes jamais vus !

Dis que tu viens seulement d'arriver ! Que tu as été attaqué en chemin.

D'accord ?

- Oui. D'accord !

- Suis-moi, je vais t'amener voir mon grand-père, c'est un homme respecté par tous ici, sa parole fait loi, et s'il décide que tu peux rester, alors tous se plieront.

Timo et Sara se dirigeaient dans le centre du village où tous les regards étaient portés vers eux.
Des voix basses chuchotaient à leur passage.

Sara harangua quelqu'un avec insistance, comme pour le rappeler à l'ordre.
- Quoi ? Qu'y a-t-il ?

Ça ne se fait pas de dévisager les gens ainsi !

Timo avançait à ses côtés, en suivant le rythme de ses pieds qu'elle tapait sur le sol avec sérénité afin d'éclipser quelques regards inquisiteurs.

Puis elle prit la main de Timo et la serra fort.

- Ça va aller, faut pas faire attention à leurs comportements, ils sont méfiants.
Mais cela n'a rien à voir avec toi.
Je t'ai expliqué pourquoi…
Mes grands-parents comprendront, c'est certain.
… Tu vas voir ils sont rudes mais gentils.
Timo stoppa sa marche.
- Attends je dois te dire la vérité !

Elle le tira d'un coup sec et sans qu'il n'ait eu le temps de dire quoi que ce soit, ils se retrouvèrent face à une vieille porte de bois peinte en bleu.

- Attends, essaya-t-il de placer désespérément.
J'ai quelque chose d'important à te dire… Quelque chose qui peut tout changer…
Il allait commencer sa phrase, mais la porte s'entrouvrit, une vieille dame tout sourire les accueillit et embrassa Sara sans afficher aucune hostilité à l'égard de Timo.

Sara le regarda tendrement en souriant.
- Tu vois, je te l'avais dit.

Le grand-père suivit et se mit dans l'encadrement de la porte, il regarda Sara et dévisagea le jeune visiteur.

La grand-mère s'effaça en poussant un peu son époux et retourna dans la chaumière.
- Je vous laisse discuter, dit-elle en s'éloignant.

- C'est qui celui-là ? dit le grand père.
- Tu sais bien que nous ne devons amener personne ici, il en va de notre survie !

- Je n'ai amené personne grand-père, j'étais au lavoir lorsqu'il est arrivé…
- Cela suffit ! dit le patriarche.
- Il n'a pas de langue, il ne peut pas parler ?
Je veux entendre ce qu'il a à dire.

Le vieux lança un regard inquisiteur vers Timo, pour lui ordonner de parler.

- Bonjour Monsieur, je suis un voyageur, j'ai découvert votre hameau par hasard…

Le vieux l'interrompit immédiatement :
- D'où viens-tu, que veux-tu ? De toute façon tu ne peux pas rester !

Sara coupa la parole du grand père :
- Mais Papé, c'est notre devoir d'accueillir les gens en difficultés, tu nous as enseigné cela ! Et puis tu sais dans deux jours…

- Quoi dans deux jours ? répondit le vieux, sur un ton agacé.

Tu ne vas pas m'apprendre les traditions !

Après un moment d'hésitation, il lança :

- C'est bon, il peut rester, mais installe le loin, dans la cabane à l'entrée du village.

Sara, heureuse du changement de position du grand père lui sauta au cou en disant :

- Merci Papé je t'aime pour tout cela, merci.

Puis se tournant vers Timo, elle lui dit :

- Viens, je vais te montrer...

Elle n'eut pas le temps de finir sa phrase que celui-ci s'était écroulé par terre saisi de convulsions d'une violence jamais atteinte.

- Vite, à l'aide, cria-t-elle désemparée,

Venez vite, aidez-moi, il fait un malaise.

CHAPITRE XVIII

Les convulsions de Timo provenaient de sa jambe malade et remontaient jusqu'aux côtes. Puis elles se communiquèrent dans tout le corps. Il délirait en étirant son membre amputé, alors que tout le reste de son corps tressaillait violemment dans toutes les directions.

Deux villageois arrivèrent rapidement et aidèrent Sara à l'étreindre puis à l'immobiliser.

Durant plusieurs minutes, tous les trois durent serrer fort ses jambes et ses bras pour faire face à cette agitation qui ne le quittait pas. Il était trempé de sueur, une fièvre aigue avait envahi tout son être. Dans son délire frénétique, il prononçait des phrases à peine audibles.

Timo était pris dans un tourbillon de visions où se succédaient tour à tour un nuage de sang dissous dans l'eau, sa jambe coupée, au fond de l'eau d'un lac, attachée à une lourde chaine lestée par un caillou, lui avec son couteau en train de se sectionner le membre, il avait la bouche pleine d'eau, et ne parvenait plus à respirer.

Il était sous l'eau, en train de se noyer, venait de se défaire du lien qui le maintenait au fond, et par transparence, il voyait deux personnes qui l'observaient. Tout cela était entrecoupé d'images, réminiscences d'une longue chute en roulés boulés, ainsi que d'un long couloir faiblement éclairé par des néons au plafond, dans lequel on le transportait, attaché sur un lit... A demi inconscient...
Un petit groupe s'était rassemblé autour d'eux, sans que personne ne parvienne à saisir le sens des propos qu'il tenait.
Puis les tressaillements cessèrent, Timo inconscient avait cédé à cette douleur si entière, qui avait saisi son corps de toutes parts, cette douleur au-delà de la douleur qui avait anéanti tout son être.

Sara demanda aux villageois de le transporter dans la cabane indiquée par son grand-père, et se précipita pour aller chercher un linge et de l'eau.
Elle lui épongea le front et le veilla toute la nuit.
Au petit matin, Timo ouvrit enfin les yeux, la jeune femme s'était endormie contre lui sur l'étroit lit de paille organisé à la hâte. Il exerça une pression sur la main de Sara qui se réveilla aussitôt.

- Ah, tu nous as fait peur, tu sais ! Dit-elle, gênée de s'être endormie avec cet inconnu.

Des larmes de colère envahissaient les yeux du jeune homme, il semblait dévasté. Sara lui épongea le front toujours rempli de sueur. Cette crise de mentisme, connue pour induire une grande effervescence intellectuelle, avait révélé en lui des scènes d'une grande violence, mêlant des êtres connus, des êtres chers, qui s'agitaient dans une fantasmagorie interne, tantôt d'une manière vague, tantôt d'une manière précise, sans toutefois qu'il eut réussi à établir entre elles une notion de distance ou de temps. Il se concentrait pour remettre de l'ordre dans tout cela, puis soudain, il se figea avant de lancer:

- Je sais tout Sara, pendant mon malaise, je me suis retrouvé englouti dans une lumière étrange, sans pouvoir prononcer un mot, et avant de perdre connaissance, une image s'est mise à tourner dans mon esprit… Je t'ai vue dans ma vision,

C'était toi, Oui, c'était toi !

Elle sourit en le priant de se taire pour ne pas faire monter davantage la fièvre.

- Non, tu ne comprends pas !
Je sais tout maintenant,
…Tu étais dans le sous-marin toi aussi, je t'ai vue !

Sara, abasourdie par ces quelques mots, se dressa :
- De quoi parles-tu ? Comment tu sais ça ? De quel sous-marin parles-tu ?

- J'étais enfermé enfant, dans un sous-marin, il y avait d'autres enfants aussi, je crois, des plus vieux, des plus jeunes, on nous faisait subir des expériences, c'est toi qui m'observais par le judas, qui m'avais fait passer un jouet, une statue d'argile, oui, tu me souriais ?

Sara s'effondra. Rien ne pouvait contenir ses sanglots, elle pleurait à chaudes larmes, son émotion la submergeait. Au bout de plusieurs minutes et après que Timo eut tenté de la consoler, elle leva le regard vers lui, un regard fait de tendresse de tristesse et de joie mêlées.
- Oh mon Dieu ! Comment est-ce possible, interrogea-t-elle, les yeux levés au ciel ?

Elle l'étreignit si fort dans ses bras en sanglotant qu'il faillit étouffer. Timo ne comprenait pas la réaction de Sara, et la laissait s'épancher dans ce débordement affectif. Lorsqu'elle desserra son étreinte, elle sauta d'un bond vers la porte de la cabane en hurlant.

- Attends, je reviens, je vais chercher grand-mère et Papé, il faut qu'ils soient là !

A peine eût-elle poussé la porte de bois qu'elle se mit à courir comme une dératée en hurlant Papé, Papé, Mémé, vite …
Elle ne tarda pas à revenir avec le patriarche sous le regard incrédule de Timo. Elle prit place à côté de lui, sur le bord du lit, où il s'était maintenant assis. Le grand-père qui était entré dans la cabane, se tenait en face d'eux. La grand-mère en retrait se rapprochait.

Timo décida de briser le silence, et se lança :
- Je me souviens les pilleurs d'eau m'ont pris.

Le vieil homme s'abstint de répondre trop vite. Après un instant de réflexion, et en le regardant droit dans les yeux, il déclara :
- Peut-être t'ont-ils pris…

Mais je ne vois pas de regrets et de souffrance dans ton regard.

Puis se tournant vers Sara, il ajouta :
- C'est pour cela que tu me déranges ? Nous n'avons rien appris sur lui.

Faire entrer un étranger chez moi qui se prétend être de mon sang, de surcroit…

- Quoi ? Que se passe-t-il, de quel sang, je ne prétends rien, je ne comprends rien, allez-vous m'expliquer à la fin ? objecta Timo.

Sara prit lentement la main de Timo dans la sienne et la serra fort. Puis elle tendit son autre main vers le Papé qui se tenait là, debout immobile. Tous étaient sans voix. Grand-mère se signait de la croix. De grosses larmes firent leur apparition sur les joues de Sara qui ne parvenait pas à contenir le tremblement qui l'avait assaillie. Tous trois restèrent ainsi un moment sans voix. Puis elle prit la parole.

- Tu m'as bien dit que tu te souviens de m'avoir vue t'observer derrière une porte alors qu'enfant tu étais captif dans ce que tu nommes le sous-marin ? Que je t'avais remis une statuette…

- Oui, ma vision était très précise, une petite fille brune, avec un regard bienveillant qui me faisait passer un jouet d'argile... Nous échangions des sourires...

CHAPITRE XIX

Sara détourna son regard vers son grand-père, dont les jambes commençaient à faiblir. Le vieil homme que plus rien ne semblait pouvoir émouvoir retint une larme d'un revers de sa manche. Il fixa Sara, et hocha la tête comme pour lui intimer l'ordre de parler. Sara s'effondra dans un sanglot si profond que tous respectèrent un moment de silence en regardant le sol. Puis d'une voix saccadée par les pleurs qu'elle ne pouvait contenir, elle affirma :
- Celui que j'observais, à travers le judas de la porte, en montant sur un tabouret , celui qui était retenu prisonnier là-haut dans ce que tu nommes le sous-marin, mais qui n'est autre qu'un vestige de la guerre,

un vaste bunker construit pour se protéger de l'invasion italienne, celui à qui j'avais remis un jouet, et bien c'était mon frère. Mon petit frère enlevé par Dino et ses chiens, quelques heures après sa naissance, naissance au cours de laquelle notre mère est morte parce que j'étais arrivée trop tard !

Plus aucun mot ne filtrait de la modeste cabane, les pleurs avaient laissé place au recueillement, et chacun mettait à profit cet instant pour voir clair dans ses souvenirs.
Ce fut Timo qui le brisa le premier. Il fixa sa sœur.
- Je veux savoir, dit-il.

- C'était peu après mes huit ans, cette année-là, un automne très sec et très chaud avait succédé à un été pluvieux, et notre mère était enceinte. Ta naissance était imminente. Beaucoup de sources sur le territoire interdit avaient tari, et nous devions aller chercher l'eau bien plus loin qu'aujourd'hui. Cela ne faisait pas longtemps que nous avions trouvé refuge dans ce hameau et fondé cette petite communauté, notre connaissance du terrain n'était qu'approximative.
J'étais donc partie avec notre père, chercher de l'eau pure en quantité pour l'accouchement et tes premiers biberons. Pour que cela prenne le moins de temps possible, nous étions en vélo.
Sur le chemin du retour, papa transportait deux lourds bidons d'eau, et il avait accroché au mien deux gourdes que j'étais fière de ramener à la maison.
Après une longue course poursuite avec les hommes de Dino, ceux-ci avaient fini par nous faire barrage et nous avaient stoppés. Ils se mirent à frapper papa. Moi, j'étais cachée avec mon vélo dans des

buissons. Avant qu'ils ne le tuent, papa m'avait crié de fuir et rapporter mes deux gourdes d'eau à la maison, c'est ce que je fis. J'avais dévalé les pentes à toute vitesse sur mon petit vélo, et lorsque je mis les pieds dans notre maison, notre mère gisait sur le sol en te tenant dans ses bras. Lorsque je me suis approchée d'elle, dans un dernier souffle, mais avec un sourire de paix, elle te tendit vers moi en prononçant le nom qu'elle t'avait choisi : Chovak, ce qui signifie homme de paix dans sa langue maternelle.

Sara pleurait à chaudes larmes.

- J'étais arrivée trop tard !

J'étais occupée à ta toilette lorsque Dino et ses hommes arrivèrent en voiture. Ils jetèrent les corps inanimé et vidé de son sang de notre père devant la maison. Puis ils forcèrent la porte. Et mes supplications ce jour-là ne reçurent en retour que mépris, Dino après m'avoir battue, t'arracha de mes bras avec un sourire sarcastique,
… Et la main que je lui tendis en pleurant …
… l'amusa !

Il t'emmena avec lui, et nous restèrent sans nouvelles de toi, jusqu'à ce jour, où je t'aperçus derrière cette porte, dans cette cellule du sous-marin, au milieu de tous ces autres enfants sacrifiés…

Timo n'avait plus de mots, et sanglotait comme un gamin. Le grand père qui venait de revivre une nouvelle fois le récit de la disparition de son fils, de sa belle-fille et de son petit-fils, s'était effondré en larmes sur le bord du lit, et Sara, le visage tuméfié par toutes ces révélations était plongée dans un torrent de tristesse. Grand-mère se tenait immobile comme un cierge.

De son côté, Timo était assailli par l'image de la main tendue que sa sœur venait d'évoquer en suppliant Dino lors de l'enlèvement de son frère. Il la superposait à celle que la veille Rima lui avait demandée de saisir dans sa chute, lorsqu'enragée elle lui avait sauté dessus !
Quelle ironie ! Quelle tragédie ! Et dire qu'il s'était pris pour un assassin, alors qu'en fait cette vieille folle n'était autre que sa geôlière !

Il prenait conscience de la vie qu'il avait eue, de la fausse identité de tous, de sa vraie famille, à laquelle il avait été arraché par Dino et Rima, de sa captivité dans ce faux sous-marin où étaient enfermés comme lui de nombreux enfants de tous âges qui apparaissaient et disparaissaient, enfin de sa sœur, qui l'observait avec bienveillance à travers cette lourde porte chaque fois qu'elle était de corvée de ménage dans le couloir menant aux petites cellules comme la sienne.

Il réalisait enfin ce qu'il avait subi. Il savait désormais qui il était, quel était son but. Il eut une pensée pour sa probable bonne étoile aussi... ces apparitions qui l'avaient conduit jusque-là.
Rien n'était donc dû au hasard !
Seul le vieil homme demeurait stoïque, comme figé, tel le balancier d'une horloge que l'on venait de stopper.

Sous son béret usé et une tignasse bien blanche mais jaunie par le papier maïs de ses cigarettes, ses yeux d'un grand bleu qui d'habitude pétillaient d'intelligence semblaient ne plus rien fixer. Les poils de sa moustache, dorés eux aussi par le tabac, s'étaient soudés sur ses fines lèvres, qui transpiraient sa propension à ne prononcer que peu de mots.

De son visage couvert de rides n'émanait plus cette expression de force et de tranquillité.

Soudain, il s'écroula et perdit connaissance, Sara et Timo le retinrent de justesse.

- Vite, vite Sara ouvre moi la porte en grand …

Timo empoigna le vieil homme dans ses bras, le mena jusqu'à sa maison où il déposa sur son lit.

La grand-mère arriva avec un bol où se trouvait un onguent de sa préparation à base de décoctions de plantes, elle demanda à Timo de l'aider à soulever sa chemise. Elle appliqua délicatement le baume sur le torse de son mari et s'adressa à Timo et Sara qui étaient très inquiets.

- Ne vous effrayez pas,

… Il a des crises et ne gère pas toujours ses émotions, surtout lorsqu'il s'agit de parler de de la disparition de son fils et de votre mère…

…, et enfin de toi !

Nous vous avons perdus tous les trois le même jour ! indiqua-t-elle sans retenir ses larmes.

Puis elle colla un instant sa tête contre la poitrine de Timo en fermant les yeux.

- Laissons-le un peu se reposer ! Dit-elle.

Puis, elle lui prit la main et demanda :

- Viens avec moi et raconte-moi tout.

Sara sentit qu'elle devait les laisser seuls.

- Je vous abandonne un instant, je dois retourner au lavoir. J'ai laissé mon travail !
- Je reviens, je ...
Je vais ....
A toute à l'heure ...
Elle tira la porte de la demeure en sortant.

Timo et la grand-mère s'installèrent dans la cuisine, et il commença son récit :
- Je me souviens d'avoir grandi avec eux. Je les considérais comme mes parents, même si le désir ardent que j'avais de les aimer, a toujours coexisté avec un sentiment de colère et de tristesse que je ne parvenais pas à expliquer. Je crois que ne suis jamais parvenu à les appeler papa, ou maman, que je n'ai jamais cherché leur sourire, ou attendu le réconfort de leur main posée sur moi ! En fait, je crois ne jamais avoir eu ce comportement d'attachement qu'ils attendaient... Je pense les avoir déçus. Ou plutôt, ils n'ont jamais respecté mon rythme, car je me sentais différent d'eux. Très tôt, me semble-t-il, des difficultés, des malentendus et des incompréhensions nous divisèrent et je cherchais refuge auprès de voisins, m'inventant ainsi une famille idéale... Et puis il y avait un autre garçon, ce Jule, qu'on m'avait fait admettre comme mon frère, avec lequel je ne partageais rien, tant il était idiot, mais certain de tout savoir... La vie commune était devenue un enfer. Rien ne me liait à ces gens à qui je ne ressemblais pas ! Je pense que c'est comme cela que je me suis retrouvé enfermé dans ce sous-marin !

J'ignorais tout de l'endroit où j'étais, et pourquoi j'y étais. Je vivais dans une pièce carrée, froide et humide, éclairée continuellement par une lumière artificielle. J'y vivais seul, n'attendant rien. Lorsqu'on m'ouvrait la porte, c'était pour des corvées au groupe électrogène, ou de ménage. J'entendais d'autres enfants. Je nous croyais embarqués dans un navire qui traversait les océans à la recherche d'une terre nouvelle... Jusqu'à ce jour, où je jouais par terre, comme je le faisais souvent. En levant les yeux, j'aperçus une petite fille qui me souriait. Elle était installée derrière le judas de la porte de bois qui condamnait ma chambre. Elle m'observait sans parler, se contentant de rire. Et nous passâmes de jours et des semaines ainsi à n'échanger que des regards et à nous réjouir à travers la porte. Un jour, elle m'apporta une figurine d'argile, et je me mis à jouer avec elle. Elle devenait ce soldat invincible qui terrassait tous les monstres qui nous attaquaient du fond de la mer. La petite fille m'observait, heureuse de me voir livrer de grands combats dont ma statuette sortait toujours vainqueur. Je me souviens de cette fois où je m'étais installé dans le carré de lumière projeté sur le sol de ma chambre par le judas resté ouvert. J'agitais ma statuette dans un duel d'une rare intensité contre une gigantesque pieuvre qui enserrait mon navire et s'apprêtait à le couler... Dans cet élan, alors que je venais de renverser mon bol d'eau, elle me fit un signe. Je compris qu'elle était descendue de son promontoire, et m'attendais à ce qu'elle m'envoie une éponge ou un chiffon pour essuyer. J'attendais silencieux et immobile. Au bout de quelques instants, l'eau se mua tel du mercure en une flaque indissociable, qui sembla attirée par quelque chose derrière la porte. Elle fila en un éclair par-dessous et ne laissa aucune trace d'humidité et je pus reprendre ma lutte contre le monstre. La petite fille qui était réapparue derrière la porte semblait fière d'elle et je la remerciais d'un sourire.

A compter de ce jour, je tentais de reproduire l'expérience, et elle venait m'aider à entrer en communication avec l'eau...

...

- Etais-tu toujours seul ?
- Non, Rima me rendait régulièrement visite.
Lors de ces moments je l'interrogeais sur notre présence à bord de ce sous-marin, sa destination... Pourquoi nous y étions enfermés... Chaque fois, elle me répondait sous forme d'une histoire terrifiante, je sais aujourd'hui à qui elle faisait allusion dans ses récits. Elle me racontait la légende de cette créature qui me voulait du mal.

Dans la mythologie Perse, disait-elle, elle se nommait la Manticore, avant d'ajouter ici, elle porte un autre nom.

Puis elle reprenait :
- Tu n'as pas peur ?
- Non, je sais que c'est pour rire ! Lui répondais-je sans savoir.

Alors elle recommençait invariablement :
- Il était une fois, une créature qui avait un corps de Lion, avec de grandes pattes et d'énormes griffes... Elle avait un visage humain, une longue queue avec un dard pointu, elle était bien plus grande et bien plus forte que nous ! Mais le plus effrayant, c'est qu'elle se nourrissait de sang... Elle était la réunion de deux êtres qui s'affrontaient en elle... L'une orientée vers le bien, l'autre vers le mal...

Cette bête, assoiffée de sang, dotée d'un très mauvais caractère, aimait par-dessus tout le sang des humains, principalement celui des petits enfants... Pourtant, elle avait un point faible, sais-tu ce qui l'effrayait le plus ?

Eh bien, cette Manticore avait peur de l'eau ! C'est pour nous protéger d'elle que nous sommes dans un sous-marin ! Tu ne dois pas en rire, car cette créature est réellement mauvaise, et elle cherche à te dévorer. Moi, au contraire, je suis là pour te protéger d'elle... Un jour tu devras la combattre !

Puis elle me racontait la légende de cette petite fille qui avait réussi à échapper au monstre...

- La Manticore s'était jetée sur son père, un grand guerrier et lui avait pris beaucoup de sang. Ses mâchoires tranchantes avaient infligé de lourdes blessures à l'abdomen du pauvre homme. Il était en train de défaillir. Pourtant il luttait de toutes ses forces pour ne pas s'évanouir. Dans son agonie, il songeait à une personne en train de donner la vie, quelque part. Cette personne avait besoin de lui. Il surveillait aussi sa petite fille, cachée dans les buissons, il devait garder l'œil sur elle. Elle ne devait pas se porter à son secours, sous peine d'être dévorée elle aussi. Malgré ses lourdes blessures, si la Manticore se retournait vers son enfant, le guerrier blessé se sentait prêt à bondir. Il ne tolèrerait pas qu'elle soit prise. Dans un dernier cri, il demanda à la fillette de fuir. Il était bien décidé à ne pas faire de cadeau, il sortit son couteau de sa poche et le planta dans le flanc de la Manticore. Surprise, l'énorme bête se releva, inspecta sa blessure et tituba un instant de douleur. La plaie était profonde, mais rien de bien méchant pour ce monstre qui se nourrissait de sang !

Dans quelques minutes, ce ne serait plus qu'une égratignure.

Le guerrier savait bien qu'il ne pouvait tuer la créature, mais que ce geste désespéré ferait suffisamment enrager le monstre pour attirer toute son attention sur lui pendant que la gamine pourrait s'enfuir. Fou de rage, la bête dressa son affreux instrument pour boire le sang. Il frappa l'homme à la vitesse de l'éclair. Il aspira et but tout son sang, avant de regagner son antre sur le haut de la colline. Le combat était terminé. La Manticore secoua violemment la tête comme pour remettre ses idées en place. Un frisson la parcourut, c'était comme si son cœur percevait un message étrange. Elle resta là, un long moment à se tenir la tête sentant qu'une impression anormale s'était emparée d'elle. Elle avait tout à coup une furieuse envie d'enfant. Elle ordonna qu'on ramasse le corps du guerrier vaincu et qu'on le transporte avec eux…

Ce soir-là, elle marqua un silence avant de sortir un objet de sa poche et me le tendit :

- Tiens, tu es grand maintenant, je vais t'offrir ce couteau, garde le toujours avec toi, et surtout ne le montre à personne, et ne dis pas qu'il vient de moi, tu as compris ? Ce sera notre secret, cette lame de protègera un jour du monstre. Tu sauras en faire usage le jour venu !

…

Et puis, le fameux jour de mon évasion arriva ! Dit-il. Cette fois, on ouvrit ma porte et on m'emmena tout au bout d'un couloir en me disant qu'on allait me confier une mission de la plus haute importance. On me conduisit devant un bien étrange mécanisme blanc. Le mécanisme était immense ! Je me souviens avoir remarqué une échelle qui allait au-delà du plafond. Il y avait pas mal d'engrenages, des manivelles. On me demanda de le nettoyer soigneusement pour le remettre en route. Je commençai le travail muni d'une balayette et d'un chiffon. La tâche n'était pas facile pour l'enfant que j'étais, et on me laissa ainsi, de longues heures, lorsque terrassé par la fatigue, je me mis à chercher un endroit pour dormir. La salle n'offrait rien qui puisse me servir de paillasse pour me reposer, il y faisait froid et humide. Je décidais de tenter ma chance en grimpant à l'échelle. En haut, je fis mon entrée dans une petite pièce, avec de drôles de tubes en fer gris, que je pris immédiatement pour des canons. Ca y est, me dis-je on est sur la route de la Manticore et on va la tuer ! Je m'empressais de nettoyer les canons qui allaient terrasser la bête. Je ne sais combien de temps je suis resté là. Tombant de fatigue, je m'allongeais pour dormir sur le marchepied d'un de ces tubes gris.

J'étais profondément endormi, lorsque je fus attiré par une violente lumière qui sortait du tube et se projetait au sol sur mon visage. J'étais resté là, incrédule, un long moment, faisant le lien entre mon monde imaginaire et cette clarté. Le trou par lequel arrivaient ces rayons lumineux laissait maintenant entrer un vent aux parfums inédits, tantôt chauds, tantôt froids. Je décidais de me lever, me mis sur la pointe des pieds pour regarder à travers le trou. Le spectacle était grandiose ! C'était là, devant moi, mon bateau était sorti des océans, il n'en finissait pas de longer des côtes mystérieuses, et la terre tant espérée était enfin en vue !

Elle était inondée de soleil ! Faite de hautes montagnes magnifiques et de forêts verdoyantes.

Je tordais mon cou pour essayer d'observer les rivages atteints, j'étais émerveillé par ce que je découvrais, des arbres, des rochers, un ciel bleu comme nul autre, des odeurs de printemps que je reniflais tel un chien qui suit une piste…

Tout à coup, une voix derrière me fit sursauter. C'était Rima qui s'était inquiétée de ma disparition et qui s'était mise en quête de me retrouver.

Mais elle était furieuse, et me demandait ce que j'avais vu ! Moi, j'étais pressé de fuir le vaisseau, et d'aller à la découverte de ces nouveaux horizons. Je ne perdais pas de vue mon importante mission. Débusquer la bête. La tuer avec mon canif. Rendre la liberté à tous les occupants du navire. Alors que je tentais de me faufiler, elle m'attrapa par le col.

- Où vas-tu si pressé ?

Dans un geste héroïque, je lui mordis la main et réussis à m'enfuir. Je courus de toutes mes jambes à travers les longs couloirs. De chaque côtés, m'apparaissaient des dortoirs vides et d'autres lieux dont je ne pouvais soupçonner l'existence, tant tout ceci était vaste.

Au bout j'ouvris une lourde porte, et me retrouvais douché de lumière ! Le sol était fait de terre et de cailloux, et en me retournant, je compris que le sous-marin n'en était pas un. Aucune mer, aucun rivage à l'horizon. On m'avait menti !

J'avais passé tout ce temps dans une base en béton en haut d'une montagne. Sur ma gauche, un long chemin ombragé, presque plat sortait d'une forêt. Sur ma droite, une grande esplanade, avec de vieux bâtiments en pierres bien abîmés, et derrière eux, un dôme métallique posé sur une coupole de béton armé. Le tout dominait un bunker et une immense forêt...

Je pris la fuite et me retrouvais sur le dôme de béton encerclé de grilles et de falaises. Rima me rejoignit, suivie de près par Dino.

- Fais-en ce que tu veux, ce petit garnement était sur un mortier ce matin, il a tout découvert, hurla-t-elle.

Elle s'éloigna et me laissa seul avec lui. Il me questionna, mais je restais muet. Il ne m'avait encore jamais frappé. Lorsqu'il le fit, il me donna une claque au-dessus de l'oreille, fort, avec le plat de la main, sans prévenir. Alors que des larmes montèrent à mes yeux, il me cria :

- Rentre à la maison !

Puis je reçus encore une gifle, plus forte que la première. La brulure sur ma joue me tira de nouvelles larmes.

- Je t'ai dit de rentrer !

Dino posa alors un regard glacial sur moi, un regard de mort. Très en colère, il sortit sa grosse seringue et se pencha pour m'attraper. Ses yeux rouges étaient si près de mon visage qu'ils éclipsèrent tout à la fois la forêt, les bâtiments, les montagnes et le ciel. Il ne comprenait pas qu'à cet instant, j'aurais voulu être comme lui, vivre à l'air libre, j'aurais pu tout pardonner de ce mensonge, s'il m'y avait autorisé. Mais sa colère l'emportait loin de la raison. Je me remémorais l'histoire de Rima, de la Manticore, je réussis à lui échapper en me faufilant entre deux barreaux déformés de l'épais rideau de métal rouillé qui servait de défense à la fortification. J'étais hors d'atteinte lorsque Dino en furie me lança les mots suivants :

- Maintenant tu es en âge d'être un grand.

Tu vas comprendre par toi-même l'importance de tes actes...

Puis il ramassa des cailloux et se mit à me les jeter. Il aurait voulu me blesser.

Je courus à grandes enjambées pour fuir le plus loin possible.

A partir de ce moment, je m'étais attaché à survivre seul, loin des hommes dans un environnement que je devais découvrir et toujours sous la menace de Dino. J'ai erré plusieurs années, dans les montagnes et les bois. J'en étais arrivé à redouter toute rencontre. Les premiers mois, je marchais, très longtemps. Je cheminais du lever du soleil, jusqu'à ce que celui-ci ne soit plus qu'une faible lueur rouge à l'horizon. J'avais peur, j'avais froid, j'avais faim. Je pleurais de longs moments. Le soir venu, je dormais dans des grottes ou sous des branches à l'abri. Je mangeais ce que je trouvais- des baies sauvages, des champignons, des plantes et des racines. Il m'arriva souvent de ne pas manger du tout. Quand mes chaussures tombèrent en lambeaux, je les fixais à mes pieds avec des morceaux de ficelle. Chaque jour, j'escaladais des rochers, jusqu'au jour où je parvins devant un lourd portail en fer rouillé. Un pont de bois rétractable était replié sous le gros mur d'enceinte. Je parvins à me faufiler et je pénétrais dans la forteresse. La salle était celle de la mécanique du pont. En la quittant, je longeais un dédale de couloirs en pente très sombres taillés à même le roc. Je traversais ainsi d'innombrables cages d'escaliers, traversais des chambres et des salles assez grandes pour contenir des cathédrales. Je visitais ainsi les lieux durant plusieurs mois. J'y avais trouvé du bois, des allumettes, des couvertures, des livres, et même une table et des chaises.

J'ai passé un certain temps dans cette immense fortification, de l'autre côté de la montagne. Elle me servait de refuge. Je dormais la nuit dans un souterrain, je l'avais nommé celui des deux cent marches. Par des trous aménagés dans la falaise, je voyais tout. La fortification était peuplée d'animaux qui en avaient fait leur refuge, comme moi. C'est là que j'ai commencé à chasser. Il y avait aussi ce grand tunnel en haut de la montagne, creusé à même la roche, avec ses lourdes portes métalliques. Pour y accéder, je franchissais les épaisses clôtures, de l'autre côté de la montagne, je me souviens de la vue incroyable que m'offrait le lac en contrebas. Je ne sais combien tout ceci a duré, plusieurs années sans doute…

La grand-mère était partie dans la chambre du Pépé qui reprenait doucement ses esprits. En revenant, elle trouva Timo debout, les épaules affaissées.

- Mon pauvre, quand on a gouté aussi longtemps à la rudesse de la vie on sait que cruauté et bonté ne sont que des nuances d'une même palette de couleurs, c'est juste une question de choix ! Tu sembles avoir fait les bons. Nous sommes fiers de toi. Nous sommes si heureux de t'avoir retrouvé. Pépé va mieux, il se repose.

…

Timo reprit :

- Et puis il y eut ce soir-là, de ma falaise, dans la fortification, j'aperçus des lumières sur la montagne. Je devais avoir quatorze ou quinze ans. Je décidais d'aller voir ce que c'était... J'y vis Dino et plusieurs hommes masqués faire le sacrifice d'un enfant, de mon âge. Après que j'eus crié, en réaction à l'atrocité de leur geste, ils me traquèrent. Cela dura presque toute la nuit. Au matin ils lâchèrent les chiens à ma poursuite. Ceux-ci n'eurent pas de mal à me localiser et commencèrent à dévorer ma jambe. Je ne pouvais plus fuir, j'étais blessé et ils m'attrapèrent... Pour ne pas que je raconte ce que j'avais vu, à l'aube, ils me menèrent au lac, où ils m'attachèrent à un bloc de béton par la jambe. Ils voulaient me noyer. Et cette vision, cet homme à la chevelure épaisse était venu me hurler :

- Ton couteau, prends ton couteau ! Coupe si tu veux vivre ! Coupe.

Je me retrouvais dans un tourbillon de sang dilué... Et ensuite, plus rien, le flou, le vide... Jusqu'à mon réveil dans cette chambre d'hôtel, près du lac bien plus tard, il y a de cela deux mois environ.

Timo s'était mis à pleurer, et la grand-mère se leva pour le serrer dans ses brans. Il reçut cette chaleur comme un grand réconfort et tous deux restèrent silencieux un long moment.

CHAPITRE XX

Pendant ce temps, dans la rue, Sara qui se dirigeait vers le lavoir, devait affronter des regards hostiles et suspicieux des porteurs d'eau.

Elle marcha en colère dans la petite ruelle principale, arriva sur la placette où quelques habitants d'étaient rassemblés pour la prendre à partie.

- Quoi ?
Qu'avez-vous ?
Qu'est-ce qui vous prend de me regarder ainsi ?
C'est moi Sara.

Aujourd'hui je suis une peste ?
Hein ?
Je ne ramène pas d'eau, mais juste mon frère chez lui.

Que ça vous plaise ou non, j'ai confiance et vous, vous ne devriez pas juger, ou vous deviendrez comme nos pires ennemis, ces pilleurs d'eau, insociables et sans cœur.

Ne vous laisser pas aller …
Vous êtes,…
… Vous êtes... impurs...
Votre cœur est impur...

Un villageois se mit face à elle et l'interrogea.

- Pourquoi nous traites- tu comme l'ennemi ?
Hein ?
C'est toi qui ramènes cet homme dans notre village alors que nous ne savons rien de lui.
Rien de ses intentions !
D'où il vient ? …
Qu'a t'il dit pour te convaincre qu'il a le cœur pur ?
Tu es amoureuse ?
Qui peut garantir que ce n'est pas toi qui es impure ?...

- Vous en oubliez ce qui fait dans notre misère notre force. Hurla Sara.
Au lieu de vous disputer pour les miettes que ceux d'en haut nous consentent,
… Visez mieux,…
Osez,…
- Songez qu'il y a beaucoup d'eau là-haut ! Répondit Sara en colère.

- Comptez-vous donc passer toute votre existence à vivre dans la crainte, à avoir soif et à subir leur volonté ?

La terre se mit à trembler, lorsque le spectre apparut. Il s'adressa aux habitants :
- Elle dit vrai.
Qu'est-ce qui vous prend, de ne pas accueillir le voyageur qui arrive dans notre village ?
Pourquoi ne pas lui parler avant de juger ?
L'avez-vous interpellé ?
Ou simplement questionné ?...
L'avez-vous vu faire quelque chose qui nuit à notre population ?
Nous sommes des porteurs d'eau et avons la force et le courage en nous, nous devons rencontrer l'autre avant de prononcer un quelconque jugement. Selon vous, une société, ou un microcosme comme le nôtre, peut-il survivre longtemps sans coopération, sans entraide entre les individus qui la ou le composent ? Le système nous impose la pensée unique que les civilisations n'ont existé et progressé que par les conflits, les guerres et les invasions… Mais en réalité, l'établissement durable d'une civilisation ou d'une communauté ne repose-t-il pas davantage sur l'entraide, le partage, l'ordre et la paix ?
Pour que la vie demeure dans des conditions aussi difficiles qu'ici, ne vaudrait-il pas mieux, plutôt que de développer des rapports de force et des conflits entre personnes et territoires, y introduire ces notions de coopération et solidarité ?
Regardez-vous, la réponse est sous vos yeux !
Une espèce ou un clan qui s'impose par sa seule force peut-il durer, tout maitriser ?

N'est-ce pas justement cette forteresse qu'ébranle chaque jour davantage Sara en franchissant la zone interdite pour vous amener de l'eau ?

Ce village était vide lorsque nous nous y sommes installés, seuls deux ou trois vieux abandonnés nous ont accueillis, pour eux nous étions signe d'espoir, de survie. Et pourquoi était-il vide, pourquoi sa population avait déserté ? Parce qu'au lieu d'une coopération sincère entre individus, ceux-ci avaient opté depuis longtemps pour le chacun pour soi, à l'opposé de la stratégie victorieuse des espèces intelligentes !

L'individualisme, la méchanceté, l'opportunisme ont eu raison des plus faibles. Ceux qui le pouvaient encore ont quitté la haute vallée pour aller vivre l'illusion dans la ville imposée un peu plus bas. Et lorsqu'ils ont compris que la ville était animée des mêmes ondes négatives, c'est la vallée qu'ils ont quittée.

Ceux que nous avons en face de nous ne sont que les plus féroces, les plus conquérants, qui ne quantifient leur bonheur que par le nombre d'hectares possédées et l'expansion de leurs petits domaines. Sentiment dérisoire de posséder un morceau de terre dans un endroit ou personne à part eux ne rêve de vivre, non ?

…

Le plus paradoxal dans tout cela, c'est qu'en gens de la terre qu'ils sont, ils n'observent pas la nature qui leur livre des exemples formidables :

Prenons les abeilles ou les fourmis, qui ne sont pas pourtant reconnues pour leurs facultés intellectuelles. Eh bien, grâce à une cohésion et à une coopération durable, même dans des conditions climatiques et environnementales difficiles, et hostiles, elles parviennent à croitre, à se développer en étendant leur modèle social ! Comment ? En se partageant le travail et les ressources, certaines protègent la colonie, d'autres cherchent la nourriture, d'autres font des travaux de construction ou d'agriculture, d'autres encore nettoient... Comme d'autres font les corvées d'eau...

Mais c'est leur comportement altruiste qui est bien à l'origine de la survie de l'espèce, l'idée que tous les individus sont liés les uns aux autres, c'est parce que cela s'est imposé à elles comme une évidence, qu'elles se développent ensemble. Plus une société est développée, plus elle a intégré cette nécessité fondamentale de solidarité et de travail pour le sens commun.

Et vous qui vous prétendez humains ne seriez pas capables d'agir ainsi ?

Cette vallée a perdu plus des deux tiers de sa population en moins d'un siècle en n'appliquant pas ces préceptes !

Alors je vous le redis, mes amis, les communautés composées d'individus qui se soutiennent mutuellement ont plus de chances de survivre que celles qui entretiennent le conflit. C'est pour cela que nous devons continuer à défendre notre mode de vie, et les pilleurs d'eau font fausse route.

A terme, les seuls modèles viables seront ceux qui auront su mettre en place des stratégies de coopération, d'entraide à tous les niveaux, individuel, communal, et au-delà ...

N'oubliez jamais que c'est cette entraide qui fait notre force et qui est à l'origine de notre survie !

Ecoutons ensemble ce que l'étranger veut nous dire.

Timo rejoignit Sara qui était face aux villageois... Constatant que ceux-ci avaient le regard porté au ciel, il leva la tête. Il demeura stupéfait en apercevant le spectre de l'homme qui agitait ses nuits !

Oui, c'était bien lui !

- Mais vous,
… Qu'es ce que vous faites là ? C'est bien vous !
Nous, nous sommes déjà vus !
Parlé même, me semble-t-il,
Oui …
Ça me revient,…
 Dans la forêt,…
…à la fontaine.
Vous m'aviez sauvé la vie et aussi une autre fois...
De la noyade …
Oui c'est vous !
 Je vous reconnais maintenant
Qui êtes-vous ?
Pourquoi se recroise-t-on ?
 Ici…
Vous me suivez ?

Le spectre, gêné, répondit simplement.
- Non je ne dirais pas ça.
Ici m'est familier.
 Comme toi tu l'es aussi !
C'est sans doute que nos chemins se ressemblent ! Mais il y a plus urgent !

Je suis venu vous dire que Dino est en route avec sa troupe.

- Comment ? Déjà ? Questionna Timo.

Une voix s'éleva du groupe des villageois :
- Il vous a suivis…
Mais tu n'es pas au courant ?
Hein petit écervelé.
Dino est ici, Dino est par là, il voit tout, il sait tout, nous connaissons tous Dino et sa soif…
Il sait où nous sommes…
Il sait tout de nous !

Le spectre énervé, agita le sol d'un tremblement dont il avait le secret.
- Ca suffit maintenant !

Timo sortit du rang et s'adressa aux villageois :
- Je vais combattre Dino,
… C'est moi qu'il veut…
C'est moi qu'il est venu chercher.

- Ben voilà ! Il se vend tout seul, il nous ramène la peste, il l'avoue ! Rétorqua le villageois

Le grand-père réapparut avec un bâton qu'il utilisait comme canne.
- Ça suffit.
Nous avons peu de temps avant que les représailles n'arrivent.
Nous parlerons après de la venue de Timo.
Je lui ai dit qu'il pouvait rester ici le temps qu'il voudra.
Allez, allez-vous préparer.

Tous les habitants s'éparpillèrent pour se préparer à la venue de Dino, certains en clamant et d'autres en pestant.

Sara et Timo couraient vers une grange pour chercher des bâtons.

Le spectre s'adressa au grand père qui était resté immobile :
- Merci Papé.

- Ne me remercie pas.
Ne te mêle plus de cette histoire.

- Si Papé, jusqu'au bout.
Jusqu'au bout, tu m'entends.
Je n'abandonnerai jamais mon fils.

Le vieil homme leva et agita son bâton au ciel en direction du spectre.

- Si seulement tu lui avais parlé,
Hein ?
Mais… pas une seconde…
Laisse cet enfant tranquille.
Jamais il n'aurait dû revenir.
Jamais tu n'aurais dû le rencontrer. Tu aurais dû continuer à jouer sa bonne étoile, sans te montrer.
Et surtout ne jamais l'amener ici. Tu le mets en danger. Tu nous mets tous en danger !
Aujourd'hui il va combattre à nos côtés et il faut en finir.
En finir, tu m'entends !
Alors prends une décision, pour toi, pour nous

…et pour lui.

Ils se regardèrent dans les yeux, une larme coulait sur la joue du grand père.

Timo revint en courant vers eux. Il tenait dans ses bras des manches de râteaux et des bâtons.
- Je suis prêt.
Je viens avec vous, allons les accueillir aux portes du village.

- Je ne peux combattre à tes côtés, s'exprima le spectre.

- Comment ça ? rétorqua Timo.
Vous êtes venu ici en disant qu'il fallait se préparer au combat, et vous nous laissez tomber ?

- Oui, enfin, non, je ne vous abandonne pas, mais je ne puis les affronter, c'est vous, eux …
Toi…
Pas moi … dit le spectre en changeant brutalement de place au-dessus d'eux

- Je ne comprends rien …
Pourquoi ?
Expliquez-moi.
Qu'avez-vous à me dire ? Qui êtes-vous ? Lança Timo d'un air inquiet.

- Tu n'as pas compris, depuis tout ce temps ? Je suis ton ange gardien,…
Je te vois d'en haut, je suis un… Je suis comme …
Transparent…

Je suis ton père !

Je serai toujours là pour toi.

… Maintenant que tu es revenu… c'est moi qui t'ai guidé jusqu'ici, mais je ne maitrise pas tout,

… Je vis en Dino, je combats la bête qui est en lui…

…Mais son côté maléfique prend souvent le dessus, je me retrouve comme projeté contre une paroi, je ne peux plus bouger, comme si la gravité me plaquait…Je lutte en lui…

Mais je t'expliquerai cela plus tard, pour l'heure il y a d'autres choses à faire, préparez-vous, ils arrivent.

Le 4x4 de Dino arriva dans un grand nuage de poussière. Il était seul avec son chauffeur. Le Hilux stoppa à l'entrée du hameau surpris par les habitants qui lui faisaient face. Mais Dino n'afficha aucune réaction. Il ouvrit la portière et se mit debout sur le marchepied.

- Livrez-le-moi !

…Et nous repartirons !

Le grand-père s'avança à son tour et répondit :
- Nous ne voulons que la paix ! Le voyageur est toujours le bienvenu dans notre communauté ! Et demain nous allons célébrer un mariage ! Je ne vais pas te rappeler le poids de nos traditions, qui ouvrent ce jour-là notre table à tous les voyageurs ? Sans aucune exception.

Le silence se fit.
- Nous reviendrons le chercher ! Cria Dino en faisant signe à son chauffeur de démarrer.

CHAPITRE XXI

Les rues du hameau avaient été décorées pour la circonstance. Des petits nœuds étaient accrochés aux portes des familles des jeunes époux. Sara ne pouvait plus contenir sa joie. Elle se précipita pour aller chercher Timo.

- Allez, viens, ça va commencer, on va célébrer le mariage, ils se sont fiancés il y a quinze jours et aujourd'hui c'est le grand jour. Elle le prit par la main et l'entraina dans la ruelle du haut. Les parents étaient regroupés par famille, de part et d'autre du domicile de la prétendue. Après une demande d'union réciproque, le plus proche parent de la mariée, les avait conduits, elle et son futur époux, à l'intérieur pour une discussion dont tous ignoraient le contenu. Lorsqu'ils ressortirent, ils embrassèrent individuellement tous les présents, en prenant soin de préciser à chacun, le titre de parenté qui serait le sien à l'issue du mariage. Puis, devant tous, ils se promirent de s'aimer pour toujours.

Sara ouvrait de grands yeux et n'en perdait pas une miette. Elle affichait un sourire heureux en les regardant. Les parents proclamèrent aussitôt le mariage.

- Normalement, cette proclamation aurait dû s'accompagner de coups d'armes à feu, dit-elle à Timo.

-Mais nous nous contentons de cris et d'applaudissements pour ne pas attirer l'attention de Dino et de ses soldats.

Enfin, le père de la mariée s'approcha de sa fille et lui présenta un verre plein d'eau au fond duquel figurait une pièce.

- Tu vois, elle va boire l'eau et prendre la pièce ! C'est pour lui montrer symboliquement que ce seront les derniers soins qu'elle recevra de lui, après, elle devra se tourner vers son mari, expliqua Sara à Timo.

La jeune femme but l'eau, récupéra la pièce, et fit mine de pleurer, pour affirmer à tous sa douleur de quitter la maison paternelle.

Puis le cortège prit le chemin de la chapelle en bout de l'éperon rocheux. Là, l'époux, en se plaçant près d'elle, mit un genou sur son tablier, façon d'exprimer sa possession. Une longue bénédiction s'en suivit, au terme de laquelle, l'épouse fut conduite du côté de sa nouvelle famille, marquant qu'à partir de maintenant sa place était avec eux.

Dès la sortie de l'église, le plus proche parent du marié, conduisit la mariée sur le rocher au centre de la placette que Timo avait remarqué en arrivant.

- Ce rocher se nomme la pierre des épousées, assura Sara, toujours fervente d'explications.

Il lui demanda de s'y asseoir. Aussitôt une ligne se forma, composée des membres des deux familles, qui en l'embrassant et la félicitant lui glissaient des anneaux au doigt.

Lorsque le dernier membre eut effectué son déplacement, quelques hommes des deux familles se livrèrent à un simulacre de combat. A l'origine, il s'agissait d'opposer les habitants des deux villages d'où les mariés étaient originaires dans une lutte honorable, comme un témoignage de l'estime publique, et pour y participer, il fallait avoir une conduite exempte de tout reproche.

Enfin, la mariée fut conduite à la maison de son époux, dont la porte ne lui fut ouverte qu'après plusieurs demandes. Lorsqu'on lui ouvrit la porte, on lui présenta trois petits pains dans un plat. Elle dut en remettre deux, aux occupants, et un aux passants. Par l'acceptation de ces pains, la jeune épouse signifiait qu'elle prenait possession du logis, et la distribution inégale qu'elle en fit, signifiait qu'elle devait être économe, et prodiguer ses soins à ceux de la maison en priorité. Enfin, une assiette contenant du froment lui fut apportée, et dans la joie, elle en répandit sur les têtes des participants.

Pour clôturer la cérémonie, on présenta aux deux époux une assiette de soupe, et une cuiller. Ils durent manger la soupe, pour leur rappeler qu'à compter de ce jour, ils ne formaient plus qu'un seul et même individu.

Dans un concert de cris et d'applaudissements, tous rejoignirent la grande table dressée pour l'occasion. Elle se nommait la table de l'hospitalité, et ce jour-là, chacun, même l'étranger était invité à s'y asseoir pour partager le repas. Le Papé invita Timo et Sara à prendre place à côté de lui. Il prononça en souriant une phrase :

- Une vie sans fête, n'est-elle pas comme une route sans auberges ?

Pour la circonstance, on avait allumé le four deux jours avant, et cuit le pain, ainsi que les tartes. Lorsque celui-ci fit son arrivée sur la table, tous applaudirent. C'étaient de grosses miches bien dorées à la croute brunâtre. Même si la composition du menu de ce repas témoignait des difficultés alimentaires de la collectivité, il n'en était pas moins un repas de fête, où chacun avait apporté tout ce qu'il avait de meilleur. Un potage servait d'entrée, suivi de sardines qu'on était allé chercher dans une vallée Italienne voisine et de pâté de cerf. Puis du cochon cuit sur les braises, avec des pommes de terre et des petits pois. Tout ceci était disposé sur la table, et chacun se servait. A la bonne franquette, comme on disait ! En l'honneur de ce jour exceptionnel, et afin de fêter cela plus dignement encore, le père de la mariée envoya chercher dans sa cave personnelle un tonneau de vin qui contribua à rendre les convives plus joyeux encore.

Timo avait tellement mangé, qu'il avait du mal à se lever de table, ce qui amusa Sara. Enfin, on sonna l'entrée des desserts. Les belles tartes aux prunes et aux pommes cuites au four, dorées à souhait avec un filet de miel. La fête dura ainsi tout une partie de l'après-midi, chacun n'hésitant pas à raconter une blague ou pousser la chansonnette sans retenue, tandis que certains dansaient. Un vrai bonheur s'était immiscé en eux, même si les difficultés et la dureté de leurs existences réapparaitraient dès la fin de cette parenthèse. Comme si soudain, les rayons d'un soleil entré par une autre fenêtre, laissaient monter chez ce gens un sentiment de joie et de bien-être profond. La vie du hameau semblait, l'espace d'un instant, avoir retrouvé son cours normal…

CHAPITRE XXII

L'oncle de la mariée avait sorti son vieil accordéon et poussait la chansonnette. D'autres rassemblaient les boules pour faire une partie.

Soudain, plusieurs véhicules firent leur entrée dans la ruelle menant au hameau. C'était Dino qui revenait en compagnie de ses hommes de mains. Dans la voiture de tête, le redoutable Jak avait pris place. Les puissants véhicules s'arrêtèrent net devant la table du banquet. Un nuage de poussière envahit la place. Les hommes étaient armés d'arbalètes et de fouets. Nul doute qu'ils ne leur feraient pas de cadeaux. Dino fit couper les moteurs. Il ouvrit la portière et se mit debout sur le marchepied du véhicule.

- Livrez-moi l'étranger et il ne vous sera fait aucun mal.

- Que lui veux-tu ? interrogea le Papé.

- On va juste parler dans un endroit tranquille, répondit Dino en riant.

Un silence sinistre était soudain tombé sur le village en fête. Les monstres étaient là, prêts à passer à l'attaque. Derrière les vitres teintées des 4x4, les occupants souriaient en claquant les portières. Comment un instant magique de fête pouvait-il soudain se laisser imprégner d'une telle horreur ?

Les convives étaient tétanisés de peur, et personne ne bougeait. Les yeux écarquillés, ils regardaient tous le patriarche en tremblant. Timo sentit un tressaillement gagner tout son corps, et alors qu'il allait se lever pour s'adresser aux agresseurs, le grand père d'un geste énergique le fit rasseoir. Les pensées se succédaient dans sa tête à une vitesse vertigineuse. Puis le vieil homme se leva à son tour pour s'adresser à Dino :

- C'est jour de fête aujourd'hui, nous ne faisons que respecter la tradition ! Je te l'ai dit.

Il savait bien qu'il était vain de vouloir chercher un quelconque sens à tout cela. La seule chose qu'il voulait obtenir pour l'instant, c'était de calmer Dino, afin que celui-ci renvoie sa brute épaisse de Jak et ses hommes à la maison. Car pour dialoguer, il lui fallait rester en vie. En se forçant à rester calme, le grand-père s'avança vers eux. Il était prêt à protéger ceux qu'il défendait. Il eut donné sa vie pour éviter une tragédie, en ce jour de mariage, si cela avait suffi. Dino, habitué à affronter ce genre de situations restait impassible. Un sourire cruel apparut sur ses lèvres.

- Il est temps de mettre fin à tout ça ! Dit-il.

Tu sais qu'il est à moi, tu sais ce que je vais en faire, et crois-moi, je vais en savourer chaque goutte. Je vais faire durer !

Il avait déjà planifié soigneusement son attaque depuis des jours et n'eut qu'à se retourner vers Jak qui saisit immédiatement l'ordre.. Le papé ne connaissait que trop bien ce regard rouge, de la bête assoiffée de sang qui habitait Dino. Il savait que cette fois rien ne le calmerait.

- Tu ne respectes donc plus rien, pas même un jour comme celui-ci ? Dit le vieil homme en s'approchant du 4x4.

Pour toute réponse, il ne reçut qu'un grognement et un regard injecté de sang. Profitant de l'effet de surprise, Dino le poussa violemment avec la portière. Le Papé se trouva projeté au sol.

Faisant tournoyer son index au-dessus de sa tête Jak fit signe de démarrer les moteurs. Timo et Sara se levèrent d'un bond pour secourir le grand père, tandis que les villageois quittaient la table à la hâte. En un éclair, les archers avaient pris place dans les bennes pour livrer le combat.

L'espace d'un instant, tous restèrent interloqués, ils n'arrivaient pas à croire que cela aurait pu dégénérer aussi vite. Et pas aujourd'hui ! Timo avait envie de se jeter sur la voiture pour donner une leçon à Dino. Il n'en eut pas le temps. Les véhicules se mirent à rugir et dans un grand crissement de pneus, le 4x4 bondit vers lui. Il vola en l'air d'une dizaine de mètres et atterrit dans l'herbe du fossé. Il s'essuya les yeux et le front d'un revers de sa manche. Le spectacle était impressionnant. A partir de là, la scène sous ses yeux sembla se dérouler au ralenti.

Dans de grandes embardées, les 4x4 fonçaient sur les habitants encore présents dans un grand rodéo de poussière. Des cris et des bruits de moteurs et de pneus sortaient du nuage de poussière provoqué par le ballet des véhicules. Des bennes des Pick-up, les hommes de Jak déchainés assénaient des coups de fouet et décochaient des flèches à tous ceux qui couraient devant eux. Une scène d'horreur avait laissé place à la fête. Avec terreur, il regardait tout cela, impuissant. Tout se mit à tourner autour de lui, il ne distinguait plus rien dans la poussière qui avait envahi la placette.

Soudain, le vacarme fit place au silence, les voitures s'éloignèrent. Il rassembla ses forces et rampa jusqu'au papé inconscient. Lorsque celui-ci eut recouvré ses esprits, il le saisit par le bras et le releva. Ils marchèrent vers le centre de la place. Ils trébuchaient sur la vaisselle, les chaises, des cadavres de femmes et d'enfants en tenue de fête qui jonchaient le sol. Ses yeux effrayés cherchaient Sara dans ce décor d'apocalypse.

- Où es Sara, vous n'avez pas vu Sara ? Hurlait Timo.

Puis il l'aperçut, étendue dans la poussière. Il se précipita vers elle, au milieu de tous ces gens hébétés qui cherchaient dans les débris les leurs.

Il tomba à genoux devant son corps inanimé. Bouche ouverte, livide, il regardait autour de lui le carnage exposé à ses pieds. Il la prit dans ses bras et se recula lorsqu'il sentit du sang couler sur ses vêtements.

Une flèche avait traversé la poitrine de la jeune femme. Il tomba en sanglot en regardant le ciel. Sara était morte. Le jeune homme hurla de colère et s'arc-bouta un instant. Ses yeux devinrent rouges de sang, la force monta en lui comme la lave d'un volcan qui explose, et son cœur gonflait dans sa poitrine au point de la faire exploser. Avec un mélange de terreur et de colère, il se mit debout et marchait en portant Sara. Une expression d'horreur animait son visage. Il avait définitivement honte de ce qu'il était. C'était lui le responsable de tout cela. Les grands parents lui barrèrent le chemin, le regard fixé sur le corps de Sara. Il les dévisagea sans dire un mot.

- Viens, rentrons-la à la maison, demanda la grand-mère.

Avec une grimace Timo fit signe qu'il avait entendu. Ses yeux balayèrent le sol, d'un cadavre à l'autre. Il se tourna et se mit à marcher vers la maison. Il brulait de poser ses lèvres sur elle mais s'abstint. La foule le regardait comme s'il était le seul coupable. Il entra dans la demeure, et installa sa sœur sur son lit.

- Maintenant, laissez-nous, dit la grand-mère, je vais la préparer.

CHAPITRE XXIII

Timo veilla sa sœur toute la nuit. Auprès du lit, sur une table, la grand-mère avait disposé pieusement un napperon blanc, un crucifix et un cierge. Au petit matin, alors qu'il s'était endormi sur le bord du lit en lui tenant la main, il fut réveillé par des bruits dans la petite chambre. Suivant un rite bien ancré, la vieille dame avait éteint le feu dans la maison, arrêté l'horloge, et avait entrepris d'envelopper les meubles de la chambre sous des draps. Le curé de la ville, non sans une certaine émotion, vint donner les derniers sacrements. Elle avait eu une vie d'ange, toujours au service de tous, affichant constamment la même générosité. Elle n'avait vraiment rien sur la conscience qui aurait mérité qu'il demande le pardon. Puis on ordonna à Timo de sortir, et deux hommes vinrent chercher le corps. La grand-mère ferma ensuite la porte à clé, et la donna enveloppée dans un linge au grand-père. Celui-ci se rendit devant la porte, où il avait pris soin de creuser un trou sous le paillasson. Il y déposa le morceau de métal qui ne servirait plus, et reboucha le trou et remit le paillasson par-dessus.

Le même rituel animait chaque maison touchée par la catastrophe. Enfin, une longue procession s'engagea dans les deux ruelles du village vers la petite chapelle. Silencieux, les villageois défiaient du regard Timo. Des torrents de fleurs des champs avaient été cueillies pour l'occasion, et ornaient les cercueils. Après la messe dite pour les défunts, la procession reprit son cours vers le cimetière. Le portail d'entrée était lui aussi orné de fleurs. L'on avait ouvert des trous à même le sol. Il y en avait cinq au total. Pendant la courte marche, les villageois entonnaient des chants et récitaient le chapelet. Après la bénédiction des tombes, et l'ensevelissement des corps, le prêtre prononça une allocution de circonstance et entonna le chant des morts. Timo se forçait à regarder le sol pour ne pas croiser les regards qui convergeaient vers lui. Il se concentrait sur l'image de sa sœur, pour s'échapper de cette atmosphère pesante. Après le sermon, non sans une certaine appréhension, il décida de s'adresser au villageois. Même si cela n'enlevait rien à sa culpabilité, il leur devait au moins cela. Il s'avança vers le prêtre, alors que des grognements montaient de la foule. En entendant la rumeur, le grand-père se joignit à lui.

- Ecoutez-le, je vous en supplie ! Dit le vieil homme effondré.

- Quoi, que veux-tu qu'il nous raconte, s'éleva une voix.

- C'est sa faute tout ça ! Et quoi qu'il raconte, il n'apaisera ni notre chagrin ni notre colère. Si l'invocation des morts, peut guérir des maladies selon certaines croyances, elle ne nous sera d'aucun secours pour le malheur qui nous frappe…

- Cela suffit ! Interrompit Timo.

- Bien sûr, je me sens coupable. Les mots me manquent aujourd'hui pour vous dire ce qui est important. Les mots me manquent pour vous parler de la vie de ceux qui sont partis. Ces morts interrogent et changeront notre vie à tous… Ils nous rappelleront pour toujours la fugacité de nos existences. En figeant dans un mystérieux et soudain silence ceux que nous aimions leur mort nous a tout pris. Un instant a suffi pour que tout bascule, et j'accepte votre colère si cela vous aide.

Mais après le temps du silence et du recueillement nécessaire pour accueillir dans nos vies un évènement aussi injuste et déconcertant que celui-ci, nous devons rassembler nos idées, et nos énergies. Devant la mort, nous avons survécu, et nous continuerons de vivre malgré tout, malgré la disparition de l'autre. La perte de ma sœur me rappelle chaque jour combien j'ai de choses à accomplir, et combien il est important de les faire bien. Je ne sais rien de vos défunts, mais je pleure Sara. Les gens ont des étoiles bien différentes en fonction de leurs parcours. Pour certains qui voyagent, comme moi, elles ont été des guides, alors que pour d'autres elles ne sont que tristesse. Pour ma sœur, elles étaient la quête de l'eau, cette eau qu'elle vous amenait et qui réglait sa vie chaque jour. Quand je regarderai une source, c'est à elle que je penserai, puisqu'elle habite dans l'une d'elles.

Mais avant, je vais mettre un terme à tout cela ! Vous ne comprenez pas, l'eau n'est pas rare, elle est détournée, pour n'alimenter qu'une caste, et toujours plus de bénéfice. Ensuite elle est polluée. Tout était organisé par le clan, par cette entreprise REVAU, je vous en apporterai les preuves. En me tuant ou en tuant Sara, Dino pensait pouvoir couper le lien qui me permettrait d'assembler les pièces du puzzle ! Mais je sais tout !

Tout ceci doit être détruit.

L'eau pure coule en haut,

… Elle n'a rien en commun avec celle que l'on nous consent en bas !

Nous devons rétablir l'ordre des choses. Nous devons stopper les activités des pilleurs d'eau.

Je vais tuer Dino !

Je vais retrouver ce sous-marin terrestre, c'est de là que tout part, et je reviendrai, soyez en surs !

Je partirai dès ce soir !

CHAPITRE XXIV

Sans réfléchir, il se mit en route vers la tannerie. Il y avait là aussi quelque chose qui se passait et qui devait être mis en lumière. En arrivant devant le bâtiment, il constata que rien n'avait changé. Il chercha sous les gros bidons bleus et trouva rapidement la clé. Il ouvrit la serrure, entra dans la première pièce et referma la porte derrière lui.

Très grande, elle ne présentait pas un grand intérêt. Elle servait de stockage à des panneaux de bois contreplaqués avec des clous plantés qui reproduisaient la forme des peaux. Sur une table, des paniers et des seaux. Il ouvrit une porte qui donnait sur un grand volume où était entreposé un impressionnant stock de fourrures de moutons, chamois, cerfs, biches, prêts pour la vente. En fait, chaque salle était une étape du processus de tannage au chrome auquel se livrait Rima. Il s'attarda un instant sur le caniveau qui parcourait toutes les salles d'eau et conclut que toutes les boues fortement concentrées en sels de chrome, ce métal lourd, fortement nocif et dangereux pour l'environnement, et pour la santé, n'étaient pas neutralisées chimiquement avec de l'oxyde de magnésium, de la chaux ou de la soude, comme cela aurait dû être le cas, et stockées avant d'être entreposées en décharge. Au lieu de cela, le plus naturellement du monde, elles étaient simplement dirigées vers le tuyau qu'il avait remarqué de l'extérieur et qui rejoignait le cours d'eau qui passait à proximité. Il servait ensuite à arroser des jardins avant de rejoindre le lit de la rivière. Une moue dubitative s'inscrivit sur son visage. Il comprenait mieux l'origine de la pollution et des maladies qui en découlaient.

Après une brève inspection, il conclut qu'ici non plus, la salle ne lui livrerait rien d'intéressant. Son attention fut attirée par une petite porte en mélèze vernie au coin de la pièce. La clé était accrochée à un clou sur le chambranle de la menuiserie. Il s'empressa de l'ouvrir et de tourner l'interrupteur gris qui était tout proche. La petite salle obscure d'environ quatre mètres sur trois était couverte de rayonnages en bois solidement fixés au mur. C'était là l'antre du diable. Il y reconnut immédiatement les étuis de cuir qui étaient utilisés lors des séances de sacrifice.

Il en saisit un et l'ouvrit.

Un tremblement s'empara de lui lorsqu'il reconnut, roulé, un fragment de torse humain avec des gravures. Ca y est, il les tenait enfin ces preuves, dans ces étuis, les traces de tous les sacrifices perpétrés par Dino et les siens à l'occasion de chaque cérémonie du pacte de l'eau. Tous étaient datés et portaient un nom de lieu.

Il y a en avait plusieurs dizaines, et il ne put s'empêcher d'avoir une pensée pour ces personnes sauvagement massacrées au cours de ces réunions barbares.

Il les saisit et les rassembla par la sangle qui en permettait le transport. En les arrachant de l'étagère, il fit tomber d'autres rouleaux de papier sans intérêt, mais pas le temps de les ramasser ! se dit-il.

En s'éloignant des étagères, il remarqua la statue d'argile dont il s'était saisi dans la cuisine et que Rima lui avait ôtée des mains le premier matin. Il décida de la mettre dans son sac avant de filer. Il courut vers la sortie, déverrouilla la porte, l'entrouvrit pour s'assurer que le champ était libre. Des bruits de moteurs se rapprochaient de la ferme. Il ne prit pas soin de refermer derrière lui et décampa aussi vite que possible en se faufilant entre les haies d'arbres.

Il repassa par sa grotte afin de cacher son butin, avant de se diriger vers le hameau. Il était trop tôt pour leur révéler son importante découverte. Il devait réfléchir.

CHAPITRE XXV

Alors qu'il était sur le point d'arriver au hameau des porteurs d'eau, il aperçut les camionnettes de Dino et sa bande qui démarraient et prenaient le chemin de terre qui y conduisait.

L'idée des rouleaux renversés, et l'oubli d'avoir refermé la porte derrière lui, lui traversa immédiatement l'esprit.

Il comprit aussitôt que Dino et ses hommes avaient découvert quelque chose d'anormal. Etaient-ils au courant de sa visite ? Comment pouvaient-ils être si réactifs ? La crainte qu'ils ne viennent se livrer à un nouveau saccage en représailles le terrifia.

Voulant éviter aux villageois un nouvel affrontement avec les hommes de main du clan, il cacha sa panetière dans un terrier, il reviendrait la chercher plus tard ! Sans réfléchir, il sauta dans un vieux véhicule stationné en bord de chemin, et se dirigea vers eux à grands coups de klaxon afin de leur couper la route. Il ne pouvait rester ici, et attendre un nouveau massacre au hameau.

Entre-temps, les porteurs d'eau, toujours en alerte et prévenus par leurs guetteurs commençaient à se mettre à l'abri.

De leurs refuges, les veilleurs purent constater que les puissants 4x4 avaient changé de direction pour prendre en chasse la voiture que conduisait Timo.

La course poursuite s'engagea sur l'étroite route menant plus haut dans la vallée, où celle-ci livrait ses derniers pâturages avant de se rétrécir en longeant la zone interdite.

Là, ils arrivèrent sur l'étroit pont qui constituait la limite du territoire contrôlé par Dino et ses hommes. Les pilleurs d'eau de l'autre clan, que Dino connaissait bien descendaient pour faire barrage à Timo.

La pluie s'était mise à tomber, déversant des hallebardes d'eau sur la montagne. Au loin le bruit des impacts de la foudre se faisait entendre en se rapprochant.

Timo fut stoppé à la sortie du petit pont, juste avant que la route ne traverse une corniche rocheuse très obscure, qui peu à peu se détachait du rocher principal.

Il stoppa le moteur et sauta hors du véhicule pour s'enfuir.

Dino arriva peu de temps après. Il était très énervé. Il sauta de son pick-Up et loin du protocole qu'il respectait d'habitude, de ce détachement qui précédait chacune de ses actions, il lui bondit dessus, imité par ses hommes.

Tous voulaient en découdre, mais le patron les arrêta.

- Reculez ! Il est à moi !

Ils fléchirent d'un pas en arrière et laissèrent le chef diriger l'interrogatoire.

- Où sont-ils ? Hurla le monstre en furie.

- Pourquoi est-ce si important ?

- Tu ne comprendrais pas!

- Fouillez la voiture ! Cria-t-il en se tournant vers ses hommes.

- Je les veux !

Un pilleur inspecta l'intérieur du véhicule, puis le coffre et se tournant vers le chef, fit un geste négatif de la tête.

- Où les as-tu mis ? Tu vas payer pour ton outrage ! Tu es vraiment stupide et borné ! Cette fois, ton obstination signera ta perte ! Hurla Dino, plus virulent que jamais, les yeux rouges exorbités de haine.

Les autres ayant reçu l'ordre de ne pas intervenir attendaient.

- Je ne vais rien payer du tout !

Des éclairs jaillissaient au-dessus du pont, et une pluie violente vint s'abattre sur eux.

- Arrogant, tu vas comprendre qui tu as en face de toi !

Aveuglé par sa colère, Dino ne se maitrisait plus. Il se jeta sur lui, lui saisissant les deux poignets, et tous deux passèrent par-dessus le parapet de pierre du pont. Ils se fracassèrent quelques mètres plus bas sur un maigre replat. Dino avait saisi le jeune homme à la gorge pour l'étrangler. Se cabrant de douleur, Timo ne parvenait pas à repousser Dino. Celui-ci s'agrippait désespérément à lui, le maintenant allongé sur le sol en lui enfonçant ses doigts dans le cou.

Un éclair pourfendit le ciel, un lourd et profond grondement se fit entendre, secouant tout autour d'eux, c'était la foudre qui venait de frapper le rocher. Timo était terrifié. Des branches volaient, les tourbillons d'eau se firent plus violents encore, rendant la visibilité quasi nulle. Dans un dernier effort il se défit de l'étreinte, et il poussa ce qu'il crut être l'épaule de Dino de sa jambe valide. Il ferma les yeux, aveuglé par la terre boueuse qu'ils contenaient. Il resta ainsi allongé quelques instants qui lui parurent une éternité. Lorsqu'il ouvrit les paupières et se dressa, il constata qu'il était seul sur le promontoire exigu. Il racla sa gorge et cracha de la boue. Il chercha un appui lui permettant de se relever, mais n'en trouva pas. Sa prothèse avait disparu. En se penchant, il aperçut Dino, en bas fracassé sur un rocher. La horde des hommes des deux clans, se tenait debout devant le parapet, scrutant l'endroit de la chute. Mais un brouillard épais avait envahi le pont. Timo se tapit au sol pour se mettre à l'abri de leurs regards. Il entendait leurs commentaires.

- C'est fini, dit l'un d'entre eux, il y a plus de cent mètres à cet endroit !

Le pont, connu dans toute la vallée était réputé pour sa hauteur et sa dangerosité.

Le chef de clan voisin saisit l'occasion, pour leur faire une proposition :

- La perte de Dino nous affecte tous, et sachez que si vous le souhaitez, vous avez votre place chez moi.

Un échange de questions s'en suivit, et tous quittèrent les lieux en direction du territoire voisin.

Un torrent d'eau et de boue dévalait la pente jusqu'à l'endroit où gisait Dino. Timo n'eut d'autre solution que de s'y laisser glisser pour rejoindre le corps inerte de son adversaire. Tous les alentours étaient dévastés par le nouveau torrent gris ardoise qui s'écoulait. En se rapprochant, il le vit, l'air terrifié, ensanglanté qui s'accrochait à sa prothèse en claquant des dents. Aucun mot ne sortait de sa bouche ouverte. Seuls ses yeux pouvaient bouger. La Manticore semblait vaincue.

Pour la première fois, le regard de cet homme ne l'effraya pas. Les règles, les fondements de son monde avaient en un instant été bouleversés. D'une certaine manière, il avait percé un trou dans l'armure de ce géant bien en place, et il lui fallait continuer. Ironie du sort, cette prothèse qu'il ne parvenait pas à accepter et qui le faisait souffrir venait de lui sauver la vie.

Il l'arracha des mains de Dino et la remboita. Puis il le chargea sur son dos et se mit en route pour le sous-marin terrestre. Combien de temps allait-il mettre pour y parvenir ? Il l'ignorait, tout autant qu'il ignorait pourquoi il devait le ramener là-haut. Mais sa voix intérieure le lui commandait, et il exécutait sans réfléchir.

La pluie violente et froide venait buriner son visage, les éclairs indiquaient le chemin. Après avoir affronté la rage de Dino, il lui fallait affronter celle du ciel ! Timo ne ressentait plus la douleur, comme transcendé par le surnaturel de tout ce qui s'était passé. Ce monde qui les entourait, venait de basculer dans l'étrange. Un changement était en cours, et ni lui ni personne ne pouvait prédire où cela menait, pour le savoir, il suffisait d'avancer.

Il lui sembla s'être écoulé des jours, lorsqu'à la sortie du bois, il arriva sur ce morceau de chemin plat qui menait à la forteresse. Il longeait le tunnel en tôle rouillée perforé de balles et d'éclats d'obus. Encore quelques mètres et il allait enfin pouvoir ouvrir la lourde porte, emprunter le couloir étroit qui s'enfonçait profondément sous terre, vers la galerie humide donnant sur les cellules où il avait été retenu prisonnier jadis. Il y déposerait Dino, refermerait la porte et irait se reposer.

Son soulagement fut immense, lorsqu'au petit matin, il se réveilla sur un lit de paille. Tandis qu'il tentait de déplier ses membres endoloris, il entendit des raclements de gorge derrière la porte d'à côté. Il entrouvrit le judas, et fut rassuré de voir Dino enfermé, mal en point, mais en vie.

CHAPITRE XXVI

A l'issue de sa dernière visite au hameau, il informa le grand-père de la capture de Dino et de son enfermement au fort. Il ajouta qu'il y avait surpris un homme dans un laboratoire. Aidé de celui-ci, il se livrait à des expériences. Dès lors, Timo prit la décision de ne plus redescendre le soir. Il consacrait tout son temps à soigner et surveiller son prisonnier. Il s'était aménagé une confortable paillasse pour dormir dans la pièce contiguë à celle où il l'avait enfermé. Il s'attachait à le remettre sur pied. Très affaibli Dino refusait cependant de boire de l'eau, mais pas question de lui donner du sang. Il laissait donc en permanence une bouteille pleine dans la cellule, et s'aperçut que timidement, le niveau de celle-ci descendait.

Le jour, il explorait l'immensité du site, se consacrait à la recherche de nourriture et le soir venu, il dévorait les livres de la bibliothèque qui jouxtait la porte de fer dont il n'avait pas encore percé le secret. Le soir, il prodiguait des soins au captif avant de se replonger dans ses lectures. A travers elles, il avait acquis de grandes connaissances sur l'eau et bien d'autres sciences. Il se passionnait pour tout ce qui était ésotérique.

Il avait remarqué une autre construction plus haut, qui dominait celle-ci, et une autre en contrebas à quelques kilomètres, de l'autre côté de la route. Dès que le prisonnier irait mieux il pourrait s'absenter pour aller en inspecter le contenu.

Ce matin-là, muni de sa panetière, il se mit en chemin. En une demi-heure à peine, il arriva devant la construction du haut. Elle ne présentait que peu d'intérêt. Hormis la beauté architecturale de ses grandes voutes de pierre, et le travail remarquable des bâtisseurs qui l'avaient érigé, le lieu ouvert aux quatre vents avait été occupé par des bergers peu respectueux qui devaient y avoir abrité leurs troupeaux. En résultait un espace rempli de fumier. Il jugea cela indécent eu égard à la beauté du site !

Il décida de tenter les quelques heures de marche qui le séparaient de celui du bas et avec lequel il nota quelques similitudes avec le sous-marin terrestre. Il emprunta le long chemin de terre menant à cet ouvrage majeur de la ligne Maginot. Sa construction sur l'adret lui permettait de faire face au sous-marin terrestre qui se distinguait à peine d'ici. Il semblait composé de cinq blocs distincts, qui devaient être reliés entre eux par des souterrains. Timo faisait une inspection minutieuse des lieux en s'efforçant de trouver une entrée. Il enfonça une lourde porte identique à celle qu'il connaissait en haut, et celle-ci s'entrebâilla. Une galerie principale équipée d'une voie ferrée étroite où roulaient des wagonnets encore présents. Plus loin étaient aménagés une usine, une caserne, un système de ventilation, de chauffage, une cuisine, un poste de secours, un poste de commandement, et des citernes de stockage. Tout était similaire à ce qu'il connaissait là-haut !

CHAPITRE XXVII

Il quitta le couloir principal, se faufila par un tuyau d'aération et arriva dans un long passage dont les escaliers s'enfonçaient profondément sous la surface. Il y découvrit des cellules semblables à celle qu'il occupait étant enfant. Tout semblait vide depuis peu. Il était vrai que les hommes de Dino avaient déserté les lieux depuis qu'ils étaient partis sur le territoire voisin...

Il ne restait que des cadavres entassés dans une salle de crémation, vidés de leur sang, sur lesquels on semblait s'être livré à des expériences, des mutilations. Il changea de couloir. Des portes fermées de l'extérieur se succédaient. Il les ouvrait sans bruit.

Là aussi, les cellules n'étaient plus occupées, les enfants, les jeunes filles à la peau blanche pour les soirées des Rodomonts, les politiques véreux de la ville, avaient elles aussi disparu. Tout était sinistrement désert.

Alerté par un bruit de pas, il se réfugia derrière une cloison sans lumière et vit passer un homme en blouse blanche. Muni d'une barre de fer, il le suivit à distance. L'homme entra dans ce qui était un laboratoire de fortune, et avant qu'il ne referme la porte derrière lui Timo se précipita et força le passage. Pour une fois il avait face à lui non pas une brute épaisse, mais un homme chétif, fait de neurones plus que de muscles et il eut vite fait de prendre l'ascendant sur celui-ci.

- S'il vous plait, ne me faites pas de mal ! cria le savant en s'asseyant par terre et se protégeant la tête de son bras.

- On verra, cela dépend de vous !

- Mais qui êtes-vous?

- Un revenant, j'ai vécu ici, enfant !

- Intéressant ! S'écria l'homme dont le visage se décrispa.

- Mais que faites-vous ici ? Rétorqua le savant en se grattant la tête.

- C'est à vous de m'expliquer les raisons de votre présence ici ! rétorqua Timo menaçant.

Apeuré, le scientifique commença son explication. Depuis longtemps je ne cautionne plus du tout leurs agissements, je ne veux plus y être associé, c'est pour cela qu'ils m'ont enfermé !

- Pourquoi ne vous-êtes-vous pas enfui ?

- Impossible, une fois intégré au projet on ne peut plus en sortir !

- Comment ça, vous étiez libre quand même ?

- Non, j'ai signé un engagement. Interdiction de divulguer ce que je sais à quiconque. Nous savons tous des choses qui ne peuvent être connues de la population. Si cela se savait, ce serait l'anarchie, la révolution partout sur terre, et adieu leurs intérêts !

- Mais de quoi parlez-vous au juste ? Commencez par le début !

Timo était partagé entre l'incrédulité et l'importance de la révélation.

- Ce n'est pas une affaire d'état quand même !

- Vous ne croyez pas si bien dire, c'est pire que cela, c'est l'affaire de tous les états !

Timo se sentait un peu dépassé, mais il était trop tard.

- Bon, allez-y, commencez votre histoire !

Pour commencer, ce n'est pas ici que vous avez-dû vivre, c'est dans un autre lieu, plus en altitude. Ici c'est la partie la plus sinistre de l'histoire, c'est pour cela qu'ils m'y ont enfermé ! Et si vous me ramenez là-haut, je vous montrerai ! Je vous expliquerai tout.

- Bien, alors mettons nous en route immédiatement ! Je sais par où passer ! Déclara Timo.

- Vous m'en direz plus en chemin !

- Attendez jeune homme ! J'ai des petites choses à prendre ! Je dois rassembler mes notes et quelques articles forts intéressants. Et puis il faut trouver les clés ?

Il chercha dans divers coffrets, et saisit un petit trousseau relié par un anneau à une longue clé rouillée.

- Ah, les voilà ! Sans elles on ne peut pas entrer !

Le vieil homme en blouse blanche avait un air décalé. Il ne semblait pas avoir pris la mesure de la situation. Il rassembla quelques affaires, un cahier de notes, et se tourna vers Timo en disant :

- Je suis prêt jeune homme, c'est que j'ai des simulations dynamiques moléculaires sur l'eau et son effet de mémoire à terminer. Je prévois de simuler des molécules d'eau excitées au niveau d'énergie des domaines de cohérence pour voir si je peux retrouver certaines propriétés de comportement notamment en terme de dynamique de mouvement. J'utilise un modèle de type Ti5P pour simuler la molécule d'eau et je prévois d'augmenter la taille des orbitales de l'atome d'oxygène. Par contre, je ne maitrise pas encore la liaison hydrogène. J'ignore si elle est différente de celle dans l'eau non excitée ? Et je ne vous parle pas de l'énergie de cohésion, est-elle modifiée ? Et comment ? Quelle est la longueur de la liaison O-H dans la molécule d'eau excitée ? Voilà d'autres questions que je vais peut-être traiter par de l'expérimentation...

- Oui, c'est ça, dit Timo en lui liant les poignets.

- Mais pourquoi ces entraves ? Objecta le savant.

- Vous étiez des leurs, et tant que je ne saurai pas tout il en sera ainsi ! Taisez-vous et avancez !

Ils se mirent en chemin et gravirent à grandes enjambées le sentier montant à la forteresse. Timo portait le lourd sac du professeur, et n'écoutait pas les propos incompréhensibles qu'il tenait. L'homme semblait confortablement perché dans sa bulle, hors de toutes contraintes de vie matérielle ou notion d'éthique, comme hors du temps. Il récitait des formules en s'accompagnant de grands gestes malgré ses mains liées. Timo en conclut que comme quand l'eau était trop pure, et ne permettait pas aux poissons d'y survivre, l'excès de transparence conduisait au vide, et l'excès d'intelligence, à la folie. Il ne put à ce moment se retenir d'avoir une pensée pour Jule, là c'était le cas inverse ! Il sourit.

Après quelques heures, ils entrèrent dans le sous-marin, et le vieil homme se dirigea vers la porte métallique fermée que Timo avait remarquée, à côté de la bibliothèque et dont il n'avait pas encore percé le mystère. Il demanda les clés et tourna le mécanisme dans un grand clic !

Derrière un couloir apparut.

- Nous y sommes, dit le vieil homme, là au bout c'est mon laboratoire, là une pièce où l'on garde des livres et de nombreux ouvrages scientifiques confidentiels. Là-bas c'est la réserve à provisions, il y a de quoi tenir plusieurs années ! Puis en face les sanitaires, et à côté, ma chambre.

- Vous êtes dans mes appartements jeune homme ! Cria-t-il comme s'il était heureux de rentrer enfin chez lui.

Il se précipita vers ce qu'il avait nommé la réserve.

- Pas si vite, où allez-vous ? Dit Timo en le rattrapant par le bras.

- C'est que j'ai faim moi, répondit le savant en ignorant le geste de Timo.

Celui-ci entra dans la pièce et fouillait sur les étagères. Il ouvrit un sachet dont il se mit à manger le contenu.

- Maintenant vous allez tout me raconter !

Puis il reprit :

- C'est que je ne sais par où commencer ?

- Par le début ! Insista Timo.

- Ah, il y avait bien longtemps que je ne m'étais autant amusé ! Hi, hi, fit le professeur. Puis il commença :

- Je vais tout vous expliquer, d'abord nous devons évoquer le contexte.

- Non, interrompit Timo, le début, c'est qui vous êtes, ce que vous faites là, pourquoi, avec qui, etc…

- Comme vous voulez, mais je ne voyais pas les choses ainsi !

- Bon allez-y !

- J'étais chercheur, enseignant à la faculté, avant d'être recruté par un grand groupe de recherche. A la base, je suis chimiste. Je travaillais sur l'eau, sa structure, ses propriétés, sa mémoire, les sons, les vibrations... et ses effets sur l'humain au sens large dans le cadre d'un projet initié après la guerre dans les années cinquante...

Voici environ trois ans, tous mes collègues et moi même, dans le plus grand secret, avons été débauchés par une société qui opère au plan international avec beaucoup de moyens et un projet ambitieux sur le comportement humain. Le montant de nos salaires a brusquement explosé. On ne nous avait jamais mentionné que pour ce travail nous devions nous couper du reste du monde ! Au départ, la finalité de ces travaux n'était pas clairement définie, puis avons été envoyés sur le terrain pour mettre en pratique ce que des expériences en laboratoire avaient confirmé.

Mais depuis peu, ils étaient tous partis.

Je vivais enfermé... Et si vous n'étiez pas venu...

- Dites-moi tout ! Ça n'est pas ce que je veux entendre ! Quelles expériences ? Coupa Timo impatient.

- Oui, d'accord, d'accord ! Mais je ne sais toujours pas par où commencer !

- Vous commencez à m'énerver, alors déballez et je ferai le tri.

- Savez-vous qu'un fœtus est constitué à quatre-vingt-dix-neuf pourcent d'eau ? Qu'à la naissance, c'est encore quatre-vingt-dix pourcent ? Et qu'à l'âge adulte, c'est un peu plus de soixante-dix pourcent ? Vous noterez au passage que ce pourcentage à l'âge adulte est exactement le même que celui d'eau présente sur la planète terre ! Troublant, non ?

- En effet, mais nous ne sommes pas à la Fac, et je ne suis pas votre élève ! Alors continuez !

- J'y viens, laissez-moi mettre de l'ordre dans mes idées, rétorqua l'homme en blouse blanche.

- L'eau est la vie, sans elle, pas de vie possible. Tout le monde sait cela. Un homme ne peut se passer de boire durant plus de deux jours, alors qu'il peut jeuner deux semaines ! Une déshydratation de deux pourcent entraine une perte des capacités physiques de vingt pourcent ! La soif s'installe dès que notre organisme souffre de un pourcent de la perte de ses fluides et la mort survient à dix pourcent. C'est dire si elle est indispensable.
Le savant ouvrit grand la bouche, et son visage s'illumina d'un vaste sourire.
- C'est comme cela que naquit l'idée !
- L'idée de quoi ?
- Et bien, mon jeune ami, quel meilleur vecteur de transmission que quelque chose d'indispensable, quelque chose que nous sommes obligés de consommer de manière récurrente ? A tel point que si nous ne le consommons pas, nous mourrons !

- Continuez !

- Un médecin, durant ses expériences avait découvert que les systèmes hypersensibles réagissaient alors que la solution aqueuse était tellement diluée qu'il ne restait plus de produit actif. En d'autres termes, l'eau aurait donc réussi à conserver en mémoire les molécules de base qu'elle avait rencontrées initialement. Il mit également en évidence que les informations étaient communiquées entre les molécules par un champ électromagnétique sur une certaine fréquence. Il enregistra le signal moléculaire et arriva à le transmettre et à le diffuser dans l'eau ce qui provoqua des réactions biologiques identiques à celles qui auraient eu lieu si les molécules y avaient été présentes physiquement. Il est mort isolé et discrédité par la communauté scientifique. Contre toute attente, plus tard, ses travaux furent repris par un Professeur, prix Nobel de médecine. Un Français !

Ce qu'il découvrit également durant ses recherches, c'est que nos pensées influencent l'eau au point qu'une eau polluée dont la photographie montre un cristal déstructuré et chaotique peut devenir un magnifique cristal dès lors qu'il est confronté à des pensées positives. Il le démontra scientifiquement durant son expérience où une eau polluée s'était transformée en cristal harmonieux après avoir été exposée aux prières d'un moine bouddhiste. Ces expériences reproductibles constituaient une preuve scientifique.

Là encore, au lieu de reconnaissance, celui-ci fut désavoué à son tour. Comme s'il avait mis le doigt sur un domaine trop sensible.

En partant de ces faits, on peut facilement s'interroger sur l'être humain. Composé à 70% d'eau, les mots et les pensées pourraient donc modifier aussi physiquement notre état ? Voilà la finalité de mes recherches.

Ce professeur s'intéressa aussi à cette mémoire de l'eau. S'appuyant sur les études réalisées par son prédécesseur, il réalisa un transfert d'ADN à distance par mail : il mit un fragment d'ADN du virus du SIDA dans de l'eau filtrée et diluée dans un tube au milieu d'autres tubes soumis à un capteur d'ondes électromagnétiques. Le signal fut envoyé par email à un autre biologiste en Italie. Le résultat qui en découla fut que l'ADN se reproduit mais en plus cet ADN reproduit était à quatre-vingt-dix-huit pourcent identique à l'ADN de base. Cela s'appelle une transduction.

Beaucoup de chimistes contestèrent ces expériences et le fait que l'eau aurait une mémoire. Or ces faits sont des faits purement physiques (ondes électromagnétiques) et non chimiques. Beaucoup de scientifiques l'accusèrent de ne pas respecter les protocoles et d'ainsi influencer les résultats de ses expériences, ses travaux n'ayant aucune valeur scientifique car aucun article n'avait été publié à ce sujet dans une revue scientifique. Il fut lui aussi jeté en disgrâce par la communauté scientifique… En fait, celle-ci avait cédé au pouvoir des banques qui les menacèrent de couper leurs crédits, si elles n'allaient pas dans le sens voulu !

Bien plus tard, ces travaux furent repris à nouveau par un professeur Japonais, qui démontra que nos pensées et nos actes, qui en découlent, influent directement notre eau intérieure, et donc par l'intermédiaire de celle-ci, notre santé et notre état.

Mais ce qui est très important, c'est qu'il a montré que l'inverse est aussi vrai ! De l'eau sale, contaminée faiblement ou appauvrie, ou déstructurée peut agir, en se diffusant dans notre eau interne, comme un outil de contrôle de notre état. Avec des répercussions directes sur nos pensées, nos actes et bien sûr notre santé !

Comprenez-vous l'impact d'une telle découverte ?

- Je crois que oui, répondit Timo.

Il détacha un moment son regard et se réfugia dans ses souvenirs. Il entendait les propos de Sara et ce qu'elle lui avait enseigné à la cascade. Tout ceci était troublant de similitude.

Lorsqu'il revint à sa conversation son regard s'était assombri.

- Mais quels sont les liens directs avec notre affaire ?

Le professeur se mit à sourire.

- Il nous faut là aborder deux autres chapitres fondamentaux du dossier, cher ami ! Le volet politique et l'aspect financier !

- Un jour, le père de tous les banquiers a eu cette phrase terrible : « Laissez-moi émettre et contrôler la monnaie d'une nation et je me fiche de qui y fait les lois. ».

C'est aujourd'hui cette phrase qui résume à elle seule tout ce qui se passe dans le monde ! Nous parlons de démocratie, mais en aucun cas nous ne la vivons !

Depuis, tout ce qui existe sur terre n'est vu par ces gens que comme source de profit. Pour eux, l'individu n'est pas un humain qui aspire au bonheur. Il n'est vu qu'au travers d'un prisme infiniment réducteur qui l'associe à un être avec des besoins. Ces besoins naturels comme boire, manger, ou inventés, sont soigneusement étudiés et analysés afin de les transformer en équations dont l'unité est le dollar !

Ainsi, savez-vous que le conseil mondial de l'eau considère qu'elle est un bien économique marchand ? Incroyable, non, alors que l'on devrait l'élever au rang de droit pour tous ? De patrimoine de l'humanité ? La constitution française précise que l'eau fait partie du patrimoine commun de la nation, et que son développement doit se faire dans l'intérêt général... Retenez bien cela ! Vous allez comprendre à quel point cela est important !

Vous doutez vous que la banque mondiale consacre quatorze pourcent par an de tous ses prêts à la privatisation de l'eau ?

Le maintien du statu quo grâce à la désinformation sur des sujets aussi importants alimente l'apathie de la masse somnolente. Ce qui ne fait que servir les intérêts de ceux qui détiennent le pouvoir, qu'il soit économique ou politique. Vous comprenez ?

- Tout à fait, assura Timo.

- Le marché de l'eau sur la planète est énorme à bien des égards... Comment aurait-il pu échapper à la spéculation ? Au final, l'eau est devenue une matière première stratégique, facteur de puissance ou d'instabilité, et de régulation, de profit... et de guerre !

Partout ailleurs en Europe, on est revenu à une gestion publique de l'eau dans de grandes proportions. La France, cas unique a continué cette privatisation.

Cela aura pris des décennies, mais les banquiers qui nous gouvernent, au-delà de nos nations, ces patrons aux yeux desquels nos présidents ne sont plus que des marionnettes financées pour prodiguer les mesures indispensables au développement de leurs intérêts ont, comment dire ?... Fortement incité, pour ne pas dire imposé que la gestion de l'eau soit confiée à des sociétés qu'ils contrôlent. Pour cela, ils pouvaient compter sur un arsenal législatif mis en place, comme les lois sur l'eau, entre autres ... Ainsi, la complexité des méandres juridiques auxquels devait se conformer une commune pour fournir de l'eau potable à ses administrés, se trouvait soudain assouplie lorsqu'il s'agissait d'une société privée, qui pouvait par ailleurs bénéficier de certaines largesses dans la gestion de la ressource... Etonnant, non ? Les agences régionales de santé ayant soin de fermer les yeux... Il n'en fallut pas davantage pour décourager de nombreux maires. Bien d'autres cédèrent leur eau par manque de discernement, manquant par là même à leur devoir. Pour d'autres, enfin, les méandres de la politique...

- Mais nous avons des gouvernements, des députés, des sénateurs ?

- J'y reviendrai un peu plus tard, si vous voulez bien ! Laissez-moi continuer.

Aux dix-neuvième et vingtième siècles, les réseaux d'eau ne furent rentabilisés que tant que leurs promoteurs étaient en mesure de gagner des abonnés en nombre croissant. Ce qui supposait d'éliminer toute concurrence au niveau des formes alternatives d'accès à l'eau : fontaines, puits privés, porteurs d'eau, pompage direct... et d'autre part exercer une pression sur les consommateurs pour s'abonner à ce service. Pour que ce soit encore plus lucratif, les abonnés devaient même réaliser les travaux d'accès à leurs frais ! Ah, l'homme m'étonnera toujours !

Pour ceux qui utilisaient les services des porteurs d'eau, il fallut s'accommoder d'une nouvelle forme de paiement, mais en bloc sur une base semestrielle ou annuelle, avec un abonnement. De manière lente et graduelle, on amena le consommateur à dépendre totalement du service. Deux siècles plus tard, on ne peut d'ailleurs toujours pas construire si on ne paie pas un raccordement à l'eau !

A compter des années deux mille, il devint de plus en plus difficile pour les compagnies privées de se maintenir dans leurs attributions sans prendre en main elles-mêmes les destinées totales du service de l'eau ! C'est pour aller vers encore plus de profits pour ces sociétés qu'on a imposé qu'elles soient gestionnaires de la source jusqu'au rejet !

Ici dans les montagnes, l'enjeu pour ces sociétés était crucial ! C'est là où l'incurie des maires aura eu le plus de conséquences !

En toute guerre, si l'on veut sortir vainqueur, il faut contrôler directement la ressource ! Plutôt que de se battre avec les paysans qui détenaient ou géraient une grande partie des terres d'où sortaient les sources, ils décidèrent de s'allier avec eux. Et ce fut facile, le système en avait déjà fait depuis longtemps des assistés, avec un astucieux mécanisme de primes européennes qui les avaient peu à peu éloignés de leurs vrais métiers. Ils étaient devenus des promeneurs en tracteur, plus occupés à conquérir de nouvelles terres pour faire gonfler les indemnités versées qu'à songer à rentabiliser leur vrai travail ! Pour davantage d'argent facile, ils s'engouffrèrent donc comme prévu dans le plan. En clair, les paysans devaient devenir la mémoire des sources et des lieux de captage, en échange d'une certaine immunité et d'avantages. On leur avait demandé de collaborer avec les entreprises chargées d'en clôturer et d'en défendre les périmètres, officiellement, pour protéger la qualité de la ressource, mais en vérité c'était pour en interdire l'accès au citoyen de base !

L'eau devenant rare, dès lors, elle pouvait être cotée en bourse et alimenter le marché de la spéculation !

- Mais pourquoi votre présence ici ? Vous avez prononcé le mot régulation tout à l'heure ? Questionna Timo.
- Oui, en effet, et c'est là l'aboutissement le plus pervers ! C'est là aussi où tout devient infiniment compliqué tant les enjeux sont méconnus ! Répondit le professeur en se raclant la gorge, comme pour annoncer quelque chose de délicat.
- Parlez, je veux tout savoir !

- Et je dois reprendre le début de mon exposé. Je travaillais pour un grand laboratoire, et voici une paire d'années, comme tous mes collègues, nous fûmes envoyés partout sur le terrain pour y mettre en pratique les découvertes sur l'eau. Je vous ai dit que l'eau était devenue un outil de régulation. Eh bien, ici, je travaille sur les méthodes de déstructuration de l'eau, en quelque sorte, il s'agit de la polluer sans agent polluant. En déstructurant les molécules, on peut diminuer ses capacités, affaiblir son pouvoir, je parle là de pouvoir interne dans nos cellules, notre liquide intérieur. Les populations qui en consomment sont donc comme influencées, ou rendues apathiques. Cela a le même effet que des calmants, mais personne ne le sait !

- Dans quel but ? Et comment avez-vous pu accepter cela ?

- Je n'ai appris qu'au fil des mois que nos travaux étaient financés par des banques, lesquelles détiennent aussi les grands groupes pharmaceutiques, et tout le reste de tout ce que nous consommons. Savez-vous que tout ce qui est consommé dans le monde est distribué par à peine une centaine de groupes financiers ?

Nos travaux servaient ces sociétés internationales. Il y avait beaucoup d'argent en jeu et une grande urgence. Après avoir tout fait pour souder notre équipe, Dino et ses hommes ont utilisé sur nous tous les artifices possibles pour nous imposer leurs objectifs, isolement, désinformation, fatigue, froid, faim, encouragements,… Peu à peu, on nous a mis la pression pour dévier des protocoles réglementaires à tel point que nous n'avions plus conscience de ce qu'ils avaient dû être. Cela peut vous sembler une excuse stupide, mais lorsqu'on est imprégné par le contexte et la peur, c'est tout à fait différent. Certains se sont suicidés, d'autres ont mystérieusement disparu. Sous la pression, on accélère alors les processus, on modifie les protocoles, pour terminer par des expériences totalement illégales et pour finir on accepte des tests grandeur nature sur des cobayes humains. On se dit que de toute façon, ils n'avaient que peu de chances de survivre dans l'environnement qu'on leur avait créé !

- Mais dans quel but ?

- Mon brave ami, C'est là où tout est à la fois formidablement simple et compliqué ! Il faut faire du profit ! Je parle évidemment de ceux qui nous dirigent !

D'ailleurs à la télé de quel indicateur vous parle-t-on sans arrêt ? Les chiffres de la consommation des ménages ! Il n'y a que cela qui les intéresse !

- Mais nous avons des élus, et tout un arsenal législatif pour nous défendre de cela ?

- Quel naïf vous faites ! Depuis combien de temps ne voyez-vous plus le monde tel qu'il est ? Ce pays est au bord du chaos ! Les plus riches boivent du champagne et se vautrent dans le luxe, tandis que les pauvres grappillent des miettes et se battent entre eux pour elles au lieu de s'intéresser au reste du gâteau ! Le vernis démocratique s'effrite davantage chaque jour, alors que la dictature, face à une opposition croissante, a recours aux bons vieux moyens.

Il y a eu voici quelques années un jeune président qui a levé des foules contre lui. Ah il faut préciser qu'il maitrisait l'art de se rendre odieux ! Les rebelles avaient choisi pour symbole ce gilet de survie que l'on met sur la route lorsqu'on est en difficulté pour ne pas se faire renverser ! La métaphore aurait été belle, mais sur le fond, ils commettaient deux erreurs. Dans un état idéal, un président se bat pour son pays, pour son peuple. Mais avec la mondialisation, un président est une marionnette éphémère qui n'est plus là pour gouverner, encore moins pour être réélu et faire carrière. Il est là pour détricoter et privatiser tout ce qui est collectif et solidaire au profit des financiers qui l'ont mis en place ! Vous comprenez ? C'est un mercenaire !

La seconde erreur était stratégique elle ! Comme l'avait dit Lénine, pour qu'une situation prérévolutionnaire éclate, il faut la conjonction de trois facteurs : Il faut premièrement que ceux d'en haut ne tiennent plus rien, que ceux d'en bas n'acceptent plus rien, mais surtout que ceux du milieu basculent avec ceux d'en bas. Ce qui ne fut pas le cas !

Quant à ce président, sa récompense fut d'un autre ordre, il siégea dans divers conseils d'administration de sociétés qu'il avait fait privatiser pour ses commanditaires. C'était juste un homme de main en costume chargé du pillage en règle de l'état. Voilà pourquoi il se moquait des scandales, de la révolte. Voilà surtout pourquoi il n'a pas cédé devant aucune grève. Voilà pourquoi il se foutait de la violence de la répression policière et de ses conséquences, comme il se foutait du pays. Ce qui est magnifique, c'est que le peuple n'a eu de cesse de voter pour des types comme lui depuis la guerre ! Tous les cinq ans on assiste à la naissance d'un espoir, et aussitôt après le peuple déçu se retrouve dans la rue…Grandiose, non ?

Une classe politique qui ne représente plus le peuple, des fonctionnaires de police et une justice qui obéissent aveuglément à ces traitres à la nation, cela pourrait vite dégénérer, vous ne pensez pas ?

- Oui, … Et l'eau dans tout cela ? Questionna Timo.

- Mais l'eau est plus que le sang, elle est le plus petit dénominateur commun à toute forme de vie ! Là encore, il est insolent de voir à quel point les intérêts des acteurs de la mondialisation se conjuguent à merveille !

Face à tant d'injustice, ne vous apparaitrait-il pas logique qu'une rébellion se mette en route ? Pour la contenir, ne faut-il pas calmer un peu les esprits ?

Par ailleurs lorsque les gens sont malades, à quoi consacrent-ils tous leurs moyens ? A la révolte, ou à se soigner pour profiter des derniers instants de leur vie?

Et si les médicaments vendus à prix d'or ne donnaient que l'illusion de les soigner, alimentant ainsi une industrie qui vise à faire plus de clients que de vies sauvées ?

- Je disposais de cobayes humains, auxquels je faisais boire cette eau et j'effectuais un suivi comportemental. A l'inverse, je fabriquais aussi de l'eau cristalline, superstructurée avec un pouvoir solvant augmenté. Savez-vous qu'elle est plus puissante que le meilleur antibiotique ?

Je devais étudier si les effets de l'une compensaient les effets de l'autre. Sur les blessures aussi.

Mais cela fait longtemps que je n'ai vu personne, hi, hi, hi !

- L'eau superstructurée dont vous parlez a des reflets bleutés ?

- Oui, hi, hi, je vois que vous la connaissez ! Savez-vous que c'est avec elle que certains présidents se lavent les mains ? Que pendant certains conflits armés on en a remis à des soldats ? Elle faisait partie du paquetage. D'ailleurs, vous avez certainement dû en boire si enfant vous étiez enfermé ici !

Après que nous ayons validé les processus de déstructuration, l'eau est envoyée en bas dans l'usine pour y être préparée à grande échelle... Ensuite, elle est distribuée via le réseau classique.

- Comment, le réseau de distribution fonctionne toujours ?

- Bien sûr ! Mais pas pour tous ! Sinon, comment l'amener jusqu'aux robinets ?

- Mais je n'en ai pas vu en ville ! Les fontaines des villages ne coulent plus.

- C'est encore un autre problème, le bénéfice, mon cher, le bénéfice !

Les plus riches, ceux sélectionnés par (il fit un signe du doigt en montrant le plafond), je veux nommer les politiques, les notables, ... Ceux-là ont de l'eau au robinet, mais ils ne savent pas qu'elle est déstructurée, hi, hi, hi !

Les plus pauvres sont alimentés par camions avec de l'eau fluorée, comme dans l'ancien temps ! Et puis, pour soigner la classe moyenne, on met le reste en bouteilles, elle est vendue comme de l'eau de source, mais là aussi il y a quelque chose... Un petit bonus.

Oh, ne prenez pas cet air surpris ! Vous savez, cela s'est toujours fait !

- Quoi, que dites-vous ?

- Oui, depuis la guerre ! Vous me semblez bien ignorant, jeune homme dit le professeur, étonné !

- Où en étais-je ? Ah, c'est ça, le fluorure de sodium est connu depuis longtemps en tant que répressif majeur des fonctions intellectuelles. De nombreuses preuves scientifiques indépendantes ont montré qu'il provoque à la longue des troubles mentaux variés rendant les gens dociles et serviles. Cela peut même aller jusqu'à la stupidité, en plus de diminuer la longévité et d'endommager la structure osseuse. Dans des villes des USA, où l'eau était fluorée à dose moyenne, on a pu relever une nette augmentation de décès par cancers du foie, des os, des tumeurs des cellules squameuses de la bouche. Sans parler des pathologies de convulsions, problèmes gastro-intestinaux, ... Faites voir vos dents !

- Pourquoi ?

- Les premiers symptômes sont l'apparition de taches et de traits sur l'émail des dents. S'en suit une fragilisation de celles-ci !

- Bon continuez, je ne suis pas là pour une consultation !

- J'en étais où déjà ? Ah oui, le fluor et ses dérivés... La première utilisation de cette substance dans l'eau potable remonte aux camps de concentration. Dispensée de manière massive dans les réservoirs, elle servait à stériliser les prisonniers et à les abrutir pour s'assurer de leur docilité. Tout cela figure d'ailleurs dans le compte rendu du procès de Nuremberg :

« Les effets de l'intoxication aux dérivés fluorés sur le mental des prisonniers sont :

-une grande indifférence envers les êtres aimés,

-une grande insouciance,

-de l'apathie,

-de la confusion, et un état mental dépressif induisant des pensées suicidaires. ».

- Je me souviens d'une de mes lectures. Un officier Nazi en charge d'un programme d'extermination dans un camp avait écrit quelque chose d'incroyable dans son journal à propos du fluor. Cela disait à peu près :

« Le plus étonnant, c'est avec quelle résignation ces gens vont à la mort. Car ils savent qu'ils vont à la mort ! Mais ils le font de manière docile, sans colère, sans révolte, signe d'efficacité du traitement qu'ils absorbent ».

- Voyez-vous le lien ?

Le fluor agissait comme un poison sur une partie précise du cerveau. C'était une lobotomie facile et commode. On l'emploie toujours dans la fabrication du poison à rats. C'est en outre devenu un ingrédient de base commun aux médicaments utilisés en psychiatrie, pour les hypnotiques, les anesthésiques, ainsi que pour les gaz neurotoxiques ! Il entre dans la composition du Prozac et de plus de soixante antidépresseurs. C'est aussi un composant du gaz sarin. Le tour de force, c'est d'avoir fait admettre à des générations qu'il fallait se laver les dents plusieurs fois par jour avec ça ! Hi, hi, hi ! Il s'agissait d'identifier le rôle bénéfique du fluor sur les caries. Le poison était devenu un remède.

En deux mille douze, la très sérieuse Université de Harvard publiait une étude sur le sujet qui concluait : « Le fluorure semble se comporter comme le plomb, le mercure et les autres poisons chimiques qui réduisent les capacités du cerveau. L'effet d'une seule substance toxique, pourrait être petit, mais le dommage combiné peut être sévère à l'échelle d'une population entière, particulièrement parce que l'intelligence de la prochaine génération est cruciale pour l'avenir de tous. ».

- Mais pourquoi continuer alors ?

- Le bénéfice, le profit ! Jeune homme, L'argent, toujours…

- Savez-vous d'où vient le fluor ?
- Non.
- C'est un déchet industriel. A cette époque, le Trust de l'aluminium appartenait secrètement aux Rockefeller. Le traitement du déchet aurait coûté une fortune si un industriel habile n'avait pas su présenter le produit comme un moyen de traitement de l'eau qui de plus pouvait s'avérer être un moyen discret de contrôle humain. Et les économistes du magnat découvrirent rapidement que s'ils arrivaient à faire acheter ce déchet bien embarrassant à un cent et demi la livre, s'en suivrait un profit de quinze millions de dollars par an. Aussitôt, tous se mirent au travail pour préparer une immense campagne de fluoration de l'eau, puis vinrent les dentifrices, encore bien présents aujourd'hui.

- Mais pourquoi mettre l'eau en bouteilles, alors qu'on peut arriver au même résultat par le réseau ?

- Là encore, cher ami, le profit ! Le profit !

Depuis le scandale des dentifrices au fluor, pas question pour autant de renoncer à écouler ce poison. Là encore, les industriels se sont creusé la tête, et devinez ce qu'ils ont trouvé ? Le fluor est aujourd'hui diffusé en quantité dans le sel de table, le thé, et les per fluorocarbures (PFC) sont utilisés pour leurs propriétés imperméabilisantes, ils composent de nombreux produits des filières du textile, mais surtout les bouteilles plastiques ! Ils provoquent des maladies bien plus graves que la fluorose, en diffusant dans les produits qu'ils contiennent leurs substances actives. Ils s'accumulent ainsi dans la glande pinéale, un centre de contrôle hormonal important, où il peut faire des ravages considérables.

- Connaissez-vous les chiffres de la consommation d'eau en bouteille dans notre pays ?

- Non.

- Chaque année, plus de neuf milliards de litres d'eau en bouteille sont consommés en France. Notre pays fait partie des cinq pays au monde qui consomment le plus de bouteilles en plastique. Il en est le premier consommateur. Selon un des acteurs les plus importants de l'eau de ce pays, la perte de profit liée au prix moyen du litre en vrac, au mètre cube ou en bouteille est colossale. L'eau du robinet coûte ainsi 200 à 300 fois moins cher que l'eau en bouteille. Vous rendez-vous compte du marché ? Loin devant tous les autres pays, le second est l'Australie, je crois, je n'en suis plus sûr ! En encourageant ce mode de consommation, les industriels sont donc doublement gagnants en faisant une plus-value sur le déchet qui est devenu un contenant, et en faisant une plus grosse marge sur l'eau. Je ne parle pas des effets sur la santé qui eux alimentent d'autres acteurs de la consommation, la magnifique industrie pharmaceutique.

Le fait que l'utilisation du fluor et de l'aluminium n'ait cessé de se développer depuis les années cinquante, et cela dans l'indifférence générale malgré les nombreux avertissements lancés par des personnes qualifiées en la matière, prouve bien l'efficacité de son effet annihilant sur l'esprit critique de tout un chacun.

Timo demeurait effondré par toutes ces révélations.

- Vous savez tout maintenant, sur la pollution de la rivière, sur la déstructuration de l'eau, sur le fluor, sur le plastique... Il n'y a qu'une chose que je ne vous ai pas dite, c'est que Dino a compris tout cela, il sait que tout ce qui n'est pas prélevé directement à sa sortie de terre est potentiellement dangereux. C'est pour cette raison qu'il ne boit jamais d'eau !

Tout prenait place dans sa tête, son carnet cette fois était rempli, il ne restait qu'à remettre tout ceci en bon ordre et le rendre public.

Il allait quitter la salle, lorsque le savant qui affichait un large sourire l'interpella à nouveau.

- Attendez, il y a autre chose !

Timo se retourna d'un air surpris. Face à toutes ces révélations que pouvait-on encore rajouter ?

- Connaissez-vous le second principe de la thermodynamique ? s'écria le savant.

- Non, je l'ignore !

- C'est pourtant fondamental ! C'est un autre aspect du problème ! On peut nommer cela ainsi !

Timo, piqué de curiosité, se rapprocha de l'homme qui avait pris un air amusé.

- Racontez-moi donc, je vois que vous en mourrez d'envie !

- C'est qu'il est important de rajouter cette notion à l'équation…

- Quelle équation ? Vous m'agacez avec vos énigmes.

Le savant, content de son effet invita Timo à se rasseoir.

Après un long moment d'hésitation, il reprit la parole :

- Le second principe de la thermodynamique, c'est l'entropie...

Le savant se gratta la tête.

- Le mieux c'est de vous expliquer sous forme d'un exemple… Supposons que vous fassiez cuire des carottes ou des pommes de terre en tranche dans une poêle.

L'idéal est que chaque tranche soit cuite sur ses deux faces. Vous en conviendrez ?

Timo hocha la tête.

- Pour retourner les tranches, vous n'avez droit qu'à remuer la poêle.

- Au départ, toutes les tranches sont crues, et la cuisson commence bien.

On peut affirmer que tout est en ordre. Vous êtes toujours d'accord ?

- Oui, en effet !

- Puis vous remuez la poêle de manière à retourner les tranches pour les cuire sur l'autre face. Statistiquement, chaque rondelle a une chance sur deux de se trouver sur sa face non grillée. Et donc, après avoir secoué la poêle, elle contient un mélange de tranches dans le bon sens, et de tranches dans le mauvais sens.

Votre poêle est un peu en désordre.

- Alors vous cherchez à corriger le tir, vous secouez à nouveau énergiquement la poêle, pour tenter de mettre tous les morceaux ou presque dans le bon ordre. Mais rien n'y fait, le résultat qui est pire qu'avant.

Cette fois c'est un gros désordre.

- Là, vous vous énervez, vous renouvelez l'opération, et ça ne change rien : il y a toujours à peu près une tranche sur deux à l'envers et beaucoup de légumes seront cuits d'un seul côté.

Vous avez atteint le désordre maximal, il est impossible de revenir en arrière !

L'entropie représente la capacité de quelque chose à atteindre un niveau de désordre maximal plus ou moins élevé. Et cela croit de manière exponentielle avec le nombre de morceaux dans la poêle.

De manière imagée l'entropie compte en fait le désordre qui règne chez les carottes ou les patates.

- Où donc voulez-vous en venir ? Demanda Timo.

- Revenons à notre cuisson. Le savant prenait un réel plaisir avec son histoire.

A chaque transformation, chaque fois que vous remuez la poêle, la probabilité de désordonner est supérieure à celle d'ordonner. Et on aboutit petit à petit au désordre maximal.

Admettez que si tous les morceaux étaient liés ou collés, il aurait été facile de faire tout cuire sur une face et d'un seul coup de tout retourner. Le tour aurait été joué !

Mais plus on secoue et plus on risque de donner la liberté à des particules, qui vont en profiter pour stocker égoïstement de l'énergie dans leur coin.

- Tout ça c'est bien beau, mais que faut-t-il en conclure ? A quoi ça sert dans la vraie vie ?

- Eh bien, jeune homme, cela signifie que ceux qui mènent le monde sont sans le savoir de grands chimistes !

Sans mauvais jeu de mots, imaginons que dans la poêle nous ayons des humains à la place des légumes ! Plus ils subissent d'évènements, et plus on risque de leur donner de liberté. De ne pas être d'accord, de ne pas aller dans le sens que l'on souhaite ! Par ailleurs on a vu que plus il y a de carottes, plus le désordre est grand, donc plus il y a d'humains, plus il y a d'avis différents, ce qui implique plus de risque de rébellion. C'est un peu raccourci, mais c'est juste pour que vous compreniez bien l'importance de contrôler les masses afin de calmer tout comportement divergent. Par ailleurs, vu d'en haut, il n'est pas souhaitable que nous soyons trop nombreux. Méditez bien ceci ! Un jour vous en saisirez le sens !

- J'y penserai ! Répondit Timo effrayé par cette implacable démonstration.

Après avoir enfermé le savant dans son laboratoire pour la nuit, Il se précipita vers la bibliothèque dont l'homme lui avait parlé et qui contenait des archives et documents confidentiels. Il était bien décidé à tout découvrir et effectuer les recoupages nécessaires avec les propos du savant afin de savoir si celui-ci était digne de confiance. Il finirait de le questionner plus tard.

Il poussa la lourde porte métallique, descendit les trois marches qui donnaient sur une vaste salle. A la lueur de sa torche, il constata que de nombreuses armoires et rayonnages étaient disposés au centre et sur le pourtour de la pièce. De vieux néons accrochés au plafond servaient à éclairer les allées, ce qui devait être suffisant pour lire. Il chercha comment les allumer lorsqu'il se souvint d'un petit groupe électrogène dans une pièce plus loin faite de courants d'air. Il décida de s'y rendre pour le mettre en route. Effectivement, le groupe était entouré de gros bidons d'essence. Après avoir fait le plein, il tira sur le lanceur et le moteur de marque japonaise démarra au quart de tour. De retour dans la salle, il chercha un interrupteur, qu'il actionna et les néons s'animèrent d'une lumière jaunâtre qui dévoilait tout le contenu du lieu.

Une quinzaine d'armoires se faisaient face. Certaines étaient fermées par des cadenas. C'était sûr, elles devaient contenir les dossiers les plus sensibles. Il était au bon endroit ! Il commença par ouvrir les autres. Les premières étaient remplies de livres, de reliures sur lesquelles il pouvait lire sujet de thèse, documents techniques. Plus loin, certaines étaient remplies de classeurs avec de grosses étiquettes sur lesquelles on avait écrit des numéros et des dates. Il fut choqué de constater qu'aucun nom ou prénom n'y figurait, mais les cobayes humains étaient appelés sujet numéro un, numéro deux, cela allait jusqu'à dix-sept. Un frisson parcourut tout son corps en songeant qu'il devait être l'un d'eux. Il y reviendrait plus tard. Enfin, il décida d'aller chercher un outil pour forcer les cadenas. Il revint quelques minutes plus tard armé d'une barre de fer et se mit à les faire sauter un à un. Il en compta sept. Après s'être débarrassé des sûretés devenues inutiles, il les ouvrit toutes.

Timo contemplait toutes ces pages de documents reliées dans des pochettes cartonnées ou plastiques. Il remarqua des noms de laboratoires, de noms de tests, de ce qu'il supposa être des noms d'effets secondaires, jusqu'à arriver au mot lobotomie douce. Ce dossier comportait un tampon rouge avec un numéro d'autorisation qui précédait la mention : « mise en application ».

En ouvrant la dernière armoire, il fut surpris de voir des documents allemands qui côtoyaient des extraits du procès de Nuremberg.

Seule la vibration des néons était perceptible à cette heure tardive de la nuit, et ce qu'il venait de lire le glaça. Le savant disait donc vrai ! Mais il devait en être certain, pour cela, il lui fallait lire toutes ces pages pour bien comprendre toute cette histoire.

Il se faisait tard, la journée avait été longue et bien remplie, il choisit un classeur avant d'éteindre et d'aller couper le groupe. Une fois sur sa couchette, il commença l'exploration du classeur. Mauvaise pioche, celui-ci ne contenait qu'un jargon technique indéchiffrable sur des études psychiatriques. Il le referma afin de se reposer quelques heures avant le lever du soleil. Il prendrait le temps de tout lire durant les prochains jours, rien ne devait lui échapper.

CHAPITRE XXVIII

Ce soir-là, après une longue journée à lire sous le bourdonnement des néons, des documents, des rapports, il prit une pause et alla s'installer sur le dôme métallique du sous-marin terrestre. Il aimait s'asseoir là et regarder le paysage. Comme souvent, le petit chaînon montagneux d'en face, limité à gauche par un profond vallon se découpait dans la nuit tombante. A ses pieds s'étalait le vide. Le spectacle était impressionnant, il avait le sentiment d'être perdu sur une autre planète, comme ce jour où il avait découvert cette montagne pour la première fois par le fût du mortier.

Sur le chemin, à gauche des bâtiments, il vit dans la nuit approcher des flambeaux et des torches.

Bientôt il put entendre des cris et des rires. Les habitants du hameau avaient tous fait le déplacement. Femmes, enfants, personnes âgées, chacun était bien décidé à obtenir des réponses à ses interrogations. Ils ne comprenaient plus les sentiments qui animaient Timo, pourquoi maintenait-il Dino en vie, pourquoi passait-il autant de temps enfermé, seul avec cet homme qu'il nommait le savant, à pratiquer des expériences. Tout ceci leur semblait être une formidable perte de temps et d'énergie. Mais surtout, ils craignaient qu'avec le temps, les esprits ne se fassent plus cléments vis-à-vis de Dino, que sa culpabilité fut comme... diluée.

Il comprit que derrière leur agitation se cachait la peur. Ils voulaient des comptes et ce serait aujourd'hui. Aucun homme, pas même lui, ne pourrait se dresser contre leur volonté. Timo allait devoir se montrer convaincant, sinon ils s'occuperaient de celui qui était à l'origine de la mort de Sara, et des autres. Celui qui avait été leur bourreau. Aux yeux des villageois les chefs d'accusation ne manquaient pas, et le moment était venu de prendre une décision, celle d'en terminer une bonne fois pour toutes, et d'ériger la mort de Dino en exemple.

Timo comprit la détermination de l'assemblée qui se précipitait à sa rencontre. Même le Pépé avait fait le déplacement.

Le groupe arriva sur l'esplanade devant la porte d'entrée de la forteresse. Timo s'était avancé vers eux.

Les chuchotements laissèrent place à un silence dramatique. Ce fut le papé qui prit la parole :

- Bonsoir Timo, dit-il.

- Bonsoir à tous, répondit Timo un peu tendu.

- Nous sommes venus te demander la tête de Dino ! Le village a voté, c'est ce que nous voulons.

- Je comprends, mais je voudrais d'abord que vous écoutiez attentivement ce que j'ai à vous dire !

Des commentaires montaient de la foule, certains protestaient, d'autres au contraire voulaient des explications, et surtout des réponses.

Après s'être retourné pour demander le silence, le papé lança :

- Nous t'écoutons, après tout, ne sommes-nous pas venus pour cela ?

Après un court instant pour rassembler ses idées, Timo, admit de leur livrer tout ce qu'il avait appris :

- Après ma naissance et mon enlèvement, Dino et Rima m'ont élevé chez eux. Je ne sais pourquoi, le plan d'avenir qu'ils avaient imaginé pour moi ne s'est pas déroulé comme prévu. Du rang de bon garçon, ils m'ont relégué à celui de cobaye humain, et j'ai été enfermé ici. Sans doute pour y être dressé, tout comme ma sœur, Sara qui n'a pas eu le temps de me confier comment elle en a réchappé. Ce que je sais, c'est que je n'étais pas seul ici.

- Oh mon Dieu ! S'éleva une voix dans le groupe.

- Je connais aujourd'hui tous les rouages des trafics auxquels se livrait Dino, je vais tout vous révéler. Je vous disais que je n'étais pas seul ici, il y avait d'autres enfants, de tous âges, des garçons et des filles. Je dirais que nous étions dix-sept, si j'en crois les dossiers que j'ai découverts. Le commerce morbide auquel se livrait Dino sur ces enfants dépasse le fruit de notre imagination. Durant ces années d'enfermement, ce qui m'a écarté de la folie, se résume à deux choses, ces deux choses s'incarnaient dans ma sœur : la première, c'est son extrême bienveillance, et la seconde, c'est le pouvoir de l'eau. Elle m'a appris au cours du peu de temps que nous avons passé ensemble que l'eau est vivante, que l'eau est la vie, et elle m'a montré comment l'apprivoiser.

J'étais aussi incrédule que vous l'êtes, mais ceci est vrai. Et puis, ici, dans ces murs, j'ai fait une rencontre, un biologiste, enfermé lui aussi, depuis plusieurs années. Il m'a fait des révélations étonnantes, il m'a permis d'accéder à certaines expérimentations, m'a conduit à une réflexion sur les causes du mal dont nous souffrons. Mais comme je vous l'ai déjà dit, faire l'inventaire des causes n'est-il pas réducteur, si nous ne nous attachons pas à mettre en œuvre des solutions ?

Sur notre territoire, l'eau ne manque pas, on entretient un mensonge, tout comme ces alertes qui nous maintiennent en état de peur face à la menace de ce nuage radioactif qui polluerait les rivières et contaminerait tout ce que nous mangeons et buvons... Il y a des sources là-haut, dans le territoire interdit, où Sara allait remplir ses bidons, comme il y a de l'eau chez Dino, et chez beaucoup d'autres... L'eau est devenue un bien de spéculation, et bien qu'elle soit la vie, elle est devenue un enjeu commercial.

Tous écoutaient avec attention, et commencèrent à s'asseoir en demi-cercle autour de lui. Les flambeaux furent attachés aux grilles qui bordaient la cour. Lorsque ceci fut terminé, le silence se fit, et Timo put reprendre :

L'eau de nos montagnes ne nous appartient plus, sa gestion a été confiée à une multinationale, nommée REVEAU. Les élus ont cédé à la pression de lois pensées et imposées par les acteurs de la mondialisation. Nous en sommes privés pour qu'elle soit vendue à prix d'or, et que des actionnaires empochent de gros bénéfices. C'est le ballet de ces camions que vous voyez passer. Mais ce n'est pas tout ! En empoisonnant les rivières et en imposant aux populations la composition de l'eau qu'elles consomment, on les contrôle. Oui, l'eau est à la fois source de vie et poison.

Les pilleurs d'eau, dont Dino, ne sont que des exécutants de ce vaste mensonge. En échange de leurs services, des privilèges leurs sont accordés.

Dino sait tout cela, c'est pour cette raison qu'il refuse d'en boire, considérant que l'eau peut être une arme, si elle est mise entre de mauvaises mains…

Le libre accès à une eau pure est à votre portée, si vous le décidez, et il ne sera point besoin de se battre pour en retrouver l'accès.

- C'est bien beau tout cela, mais que proposes-tu ? S'éleva une voix.

- Ce soir mes amis, je vous propose de nous libérer de tout cet appareil qui pèse sur nos vies et hypothèque celles de vos enfants. Mais une simple mise à mort serait trop simple, et je vais vous montrer le pouvoir de l'eau et nous allons utiliser ce pouvoir contre eux ! Nous allons découvrir à quel point l'eau est la vie, source d'harmonie, d'amour et de guérison !

Vous savez la peine qui est la mienne depuis la mort de Sara. Tout ceci n'aurait pas été possible sans elle, alors ce soir, je voudrais que nous lui rendions tous hommage.

De grosses larmes s'écoulaient sur ses joues. Il ne chercha pas à les retenir, et observa un moment de recueillement. Lorsqu'il recouvra ses esprits, il demanda de l'aide pour aller chercher un bachas taillé dans un tronc de mélèze. Ceci fut fait, et il demanda des volontaires pour aller chercher du matériel dans le sous-marin terrestre. Trois hommes se portèrent à sa hauteur et s'enfoncèrent avec lui dans la galerie. Il les conduisit vers le laboratoire dans lequel il avait pu mener ses expériences. Il demanda que l'on se saisisse avec précaution de grosses bonbonnes de verre contenant une eau aux reflets bleutés, qu'on les dispose sur un chariot et qu'on aille les vider dans le bac en prenant bien soin que personne n'y touche pour ne pas en changer la substance. Les hommes exécutèrent l'ordre sans hésitation, et revinrent quelques instants après pour dire que cela était fait. Il leur demanda ensuite de se saisir des étuis, contenant les pactes de l'eau qu'il avait dérobés dans l'atelier de Rima. Enfin, il se fit aider pour ouvrir la cellule où il maintenait Dino captif, et le ramena devant la petite assemblée. L'homme, bien amaigri, n'avait rien perdu de son arrogance. Ses yeux étaient comme des flammes. Il dévisagea les villageois qui scandèrent aussitôt :

- A mort, à mort !

Timo ordonna que l'on attache le prisonnier à un anneau ancré dans le mur de béton de la forteresse. Dino se débattit violemment lorsqu'il aperçut les étuis disposés au pied du bac d'eau. Ces morceaux humains sur lesquels les pactes étaient gravés, ceux-là même dont la perte avait engendré la colère qui lui avait été fatale. Il ne pouvait contenir sa rage et tapait du pied la poussière comme le taureau dans l'arène. Puis Timo reprit la parole :

- Mes amis, je ne vous en avais encore pas informés, mais Dino et les siens se livraient à des sacrifices humains, chaque fois qu'ils découvraient une nouvelle source pour alimenter l'usine d'en bas là où l'eau est déstructurée et fluorée.

A chaque fois ils utilisaient un jeune homme sorti d'ici, pour creuser la terre et libérer la source de son écoulement souterrain. A l'issue de quoi, au cours d'une macabre cérémonie, celui-ci était mis à mort. Sur son torse les participants gravaient avec un outil tranchant leur engagement à ne rien révéler de leurs arrangements. Dino achevait la mise à mort de la victime en buvant son sang.

- Ah mon Dieu ! Mon fils... S'écria une mère en pleurs dans l'assemblée.

Tout le monde respecta un moment de silence. Puis, reprenant, il s'écria :

- Ce soir, nous allons rendre hommage à ces jeunes gens, nous allons les faire revivre dans nos mémoires et dans celle de l'eau, car l'eau est la vie !

Il ouvrit lentement les boites, un à un il saisissait les rouleaux et les trempait dans la fontaine. À chaque fois, au bout de quelques instants, l'eau cristalline se muait en une silhouette, marquant distinctement le visage de celui qui avait perdu la vie ! Aux lambeaux de peaux tannées, se substituaient des corps entiers. L'eau permettait cette prise de conscience de ces corps qui avaient « été ». Confrontés à eux-mêmes, dans cet espace mouvant, le corps causal de ces jeunes enfants, se muait en reproduisant les souffrances vécues. Dans un dernier ballet, pour un dernier adieu, ils s'accrochaient encore un instant à la matérialité de leur aspect physique. Des parents reconnurent leurs enfants aux visages déformés par les cris de souffrance.

A cette scène incroyable succéda un long moment de recueillement. Les villageois en larmes priaient pour le salut de l'âme dont la signature était désormais inscrite dans l'eau du lavoir.

Puis l'émotion se changea en colère et certains voulaient en découdre avec Dino.

- C'est lui le responsable de tout cela, il faut en finir !

- Attendez ! Interrompit Timo, les choses ne sont pas si simples ! Pensez-vous trouver le repos que vous ne trouvez pas en vous-mêmes, en le cherchant dans la mort de cet homme ?

- Quoi, tu le protèges ? Serais-tu un traitre ?

- Non, ce n'est pas ce que vous croyez. Lorsque je me suis réveillé, me tordant de douleur, ayant perdu la mémoire, dans cette chambre d'hôtel, je sentais malgré tout comme une force. Une petite voix en mon fort intérieur me disait connais-tu le pays des sources, parce que c'est là ton pays ! Et cette petite voix me répétait cela sans cesse. Je cherchais à savoir d'où elle venait. Mais nulle réponse ne me parvenait. J'ai appris depuis peu que mes deux parents sont morts le jour de ma naissance. Je sais aujourd'hui que cette petite voix, d'autres dirons mon ange gardien, c'était mon père ! C'est lui qui apparaissait dans mes rêves et qui s'est montré l'autre jour au hameau, qui a agité vos consciences, vous le savez bien !

Il est certain que l'homme que vous avez devant vous représenté par l'incarnation physique de Dino est la bête. Mais par le sang de mon père qui coule en lui, comme par celui des innocents à qui il a ôté la vie, la bête peut être réfrénée. Et plutôt que de le tuer, nous allons utiliser cette même eau pure contre lui. Nous ne sommes pas faits du même bois, et ce meurtre serait rompre cette différence ! Vous comprenez ?

Si le pouvoir de l'eau est à la mesure de ce que je pense, alors, elle saura faire le lien entre le visible et le non vu, entre le bien et le mal. Elle fera le lien entre le monde d'en haut, celui des anges, et celui d'en bas, le nôtre, et elle leur permettra de se régénérer dans l'un pour revivre dans l'autre ! Si je me trompe, il sera à vous ! Vous pourrez vous livrer à ce qui a motivé votre déplacement ce soir ! Je ne m'opposerai en rien à votre volonté.

Amenons le prisonnier près du lavoir, et confions son jugement aux âmes qui s'y trouvent !

Plusieurs volontaires se levèrent pour se saisir de Dino et le conduire devant le bac.

Timo préleva de l'eau du lavoir, l'introduisit avec soin dans la poche de transfusion qu'il lui avait confisquée avant de l'enfermer. Cette poche dont la Manticore ne se séparait jamais, et qu'il utilisait pour prélever le sang de ses victimes avant de le boire.

Le prisonnier, qui jusque-là n'avait esquissé aucun mouvement, venant de comprendre la suite, tentait de se débattre et de se libérer.

Timo lui saisit le bras mais celui-ci se débattait trop fort.

Il demanda de l'aide :

- Tenez-le fermement pour immobiliser son bras.

Il enfonça l'aiguille lentement dans l'artère brachiale de Dino en le regardant droit dans les yeux !

La perfusion faisait doucement son effet et Dino se mit à changer de visage, sa peau devenait plus claire, elle n'avait plus cette couleur marron qui lui conférait son air diabolique. Ses yeux aussi devinrent plus clairs, on n'y décelait plus cette lueur rouge.

Au bout de quelques minutes, un murmure monta de la foule.

Timo s'était tourné vers les villageois. Il ne saisit pas immédiatement ce qui se disait en face de lui. La grand-mère rompait les rangs. Debout, elle s'avançait lentement vers Dino. Son regard témoignait d'un étonnement qui la menait à voir à travers le voile de la réalité. Elle se présenta devant l'homme perfusé, et s'agenouillant se mit à prononcer un nom : Jean!...

Ce nom qu'elle avait prononcé fut peu à peu repris par la foule.

- Jean, Jean !

Jean, Jean …

Une intense émotion montait…

- C'est Jean, mon fils, c'est ton père.

… Il a repris vie ! S'écria-t-elle.

Puis elle étreignit Jean en sanglotant. Groggy, il s'éveillait peu à peu.

Le Pépé, les yeux humides se leva à son tour, les rejoignit et les serra fortement, d'un geste simple, mais d'un amour infini.

Timo s'effondra en larmes à leurs pieds.

Jean était là, humain, devant eux !

CHAPITRE XXIX

Le jour s'était levé sur la vallée. Une belle journée de fin d'été, comme il en existe beaucoup ici, commençait. Il y avait encore dans l'air cette chaleur enveloppante du mois d'aout portant ses odeurs de foin. Les habitants profitaient de ce temps estival pour arpenter sans doute les magnifiques sentiers de la région, ou pour passer du temps en famille.

Timo, lui, était agenouillé, les épaules courbées. Devant lui se dressait au milieu des colchiques, près de la cascade une modeste pierre brute et sobre. En gros caractères, on pouvait lire juste un prénom : SARA.

Il tenait dans sa main sa petite figurine de terre cuite, celle que sa sœur lui avait remise un jour comme un trait d'union, dans un autre lieu…Des images du passé refaisaient surface. Il était seul, enfant, enfermé dans ce sous-marin terrestre, mais il voyait Sara l'emplir de toute sa présence… De sa force.

Il avait fermé les yeux un moment. Sara allait avoir vingt-cinq ans. Qu'auraient-ils fait ensemble si elle avait vécu ? Quelle aurait été leur vie ? Il ne s'était jamais posé la question avant, mais maintenant il y pensait. Il essayait de chercher très loin dans ses souvenirs, il revoyait ses premiers sourires, le jour de leur première escapade en territoire interdit. Il la revoyait, dansant sous la cascade, il revoyait sa main qui se fondait avec la sienne, et ses petits poignets portant ces lourds bidons. Et puis il revivait cette journée, le moment où il l'avait découverte, par terre, après que les 4x4 eurent quitté le village, sa douleur lorsqu'il la ramassa, ce monde si prometteur qui s'était écroulé… Ce sentiment qui l'avait envahi pendant qu'il la portait, cette envie d'en finir, de la rejoindre, pour ne plus vivre avec ces morts sur la conscience.

Il rouvrit les yeux, comme s'il sortait d'un long trou noir et lui demanda pardon. Il savait que fuir ne lui servirait plus à rien, que ces morts, ce cimetière et cette tombe faisaient désormais partie de lui, qu'ils ne le quitteraient plus jamais. Sa prison était désormais à ciel ouvert, ses murs étaient des tombes.

Ne voulant pas imposer aux autres sa tristesse, il avait fait le choix de vivre seul, à l'écart du village, redoutant les visites. Il savait que rester courageux et digne, lorsqu'on a un profond chagrin relève d'une illusion. Il voulait pouvoir hurler sa douleur, expulser les morceaux de son cœur brisé. Même s'il avait pu lire qu'il y avait un temps pour tout, un temps pour abattre et un autre pour bâtir, un pour pleurer et un pour rire, un pour se lamenter et un dernier pour danser, il n'avait simplement plus rien à espérer, ni à dire. Et surtout pas aux hommes.

Sa solitude, qui jusqu'ici avait été sa liberté, sa force et qui l'avait conduit à la vérité, s'était muée en une autre, plus intérieure, comme une perte de sens.

Malgré sa peine immense, il s'était fait une promesse, celle de venir verser chaque jour un verre d'eau pure sur la tombe de Sara.

Chaque fois, l'eau pure s'agitait d'une légère vibration, comme si Sara lui répondait...

« N'oublions jamais que derrière chaque source qui coule, il y aura toujours deux volontés farouches qui s'opposeront : celle qui considère que l'eau nécessaire à la vie est le bien inaliénable de tous, et l'autre pour laquelle tout n'est que profit.

A nous la responsabilité de défendre notre terre, notre eau, et par la même notre droit d'exister en tant qu'êtres humains libres. »

Dernière page du carnet de Timo.

« L'article 68 de la Constitution, retient le terme de haute trahison, pour un Président lorsque celui-ci porte une atteinte volontaire aux principes que la Constitution le charge de défendre ès qualités. Parmi ces principes, citons par exemple : « *Le président de la République veille au respect de la Constitution. Il assure, par son arbitrage, le fonctionnement régulier des pouvoirs publics ainsi que la continuité de l'État. Il est le garant de l'indépendance nationale et de l'intégrité du territoire.* ».

Il me semble que cet article 5 englobe la question de l'approvisionnement en eau potable, et devrait s'appliquer à nos petits élus. On ne peut invoquer la seule responsabilité de la Commission européenne ou du Président. Les maires comme les administrations sont précisément les deux mâchoires d'une même tenaille.

La privatisation de l'eau apporte la preuve que nous sommes dirigés soit par des zélotes persuadés du bien-fondé de leur doctrine qui pensent servir le citoyen en le dépouillant, soit par des naufrageurs volontaires. Soutenir le fait qu'ils savent et n'agissent pas ne les rend coupables que d'incompétence, non de trahison.

Or, tout crime contre l'avenir ne relève-t-il pas de la haute trahison ?

Si un certain monde doit disparaître à l'issue des bouleversements climatiques et énergétiques qui ont commencé, il me semble essentiel d'identifier dès maintenant les saccageurs de ce qu'il reste des sociétés humaines, afin que le jour venu la colère civique ne se déchaîne pas tous azimuts, mais qu'elle aille frapper en bas de l'échelle, là où commence le monstre, plutôt que d'en changer sottement les têtes sans cesse renaissantes. ».

Extrait du même carnet...

Encore aujourd'hui en France, plus de trois millions de personnes reçoivent une eau polluée.

Dans le monde, plus de trois personnes sur dix n'ont pas accès à l'eau potable.

En 2010 l'assemblée de l'ONU était appelée à voter sur le droit fondamental pour tous à l'eau potable. Sur cent vingt-deux voies exprimées, quarante et une se sont abstenues!

Dans un rapport récent, la même organisation souligne la rentabilité d'investir dans les infrastructures liées à l'eau. Selon cette étude, l'effet multiplicateur pour chaque Dollar investi est estimé à plus de deux …

Remerciements.

Parce que nous commettons tous les mêmes erreurs, parce que nous refusons de voir dès les premiers instants les signes qui parlent chez les autres, mais qui nous en apprendraient beaucoup sur eux, leurs agissements cachés, les véritables raisons de leur présence à nos côtés. Oui, certaines personnes font leur entrée en grande pompe dans nos vies avec des plans qu'elles ont déjà bien conçus. Pendant que nous vivons leur amitié comme un délice, elles nous ont secrètement ciblé, et déploient autour de nous leurs tentacules.

Et puis un jour, sans qu'il vous soit révélé pourquoi, leur lame proche vient vous asséner des coups répétés d'une violence rare. La douleur qui s'en suit, bien qu'insupportable n'est rien face à l'incompréhension. S'installe alors une longue période de doute, un nouveau combat pour reprendre pied. Mais pour accéder au chemin de la guérison, il faut évacuer cette douleur.

Parce qu'à travers tout cela j'ai pris une leçon ! Nous avons le pouvoir de réagir positivement face aux personnes qui nous mènent la vie dure, qui nous trahissent. Plutôt que de s'énerver, de crier, d'insulter en retour, de proférer de mauvaises paroles, ce qui nous rend ridicule et nous place à leur niveau, il vaut mieux y voir l'opportunité de retourner la situation à notre avantage pour en sortir quelque chose de positif.

Pour moi, ce fut l'écriture.

Je veux donc remercier celles et ceux qui ont contribué bien malgré eux -rires- à faire naitre cette histoire dans mon esprit, et qui m'ont inspiré certains personnages. Sans vous, et votre acharnement, rien de tout cela n'existerait, et ce serait tellement dommage.

A l'inverse, je tiens à remercier du fond du cœur celles et ceux qui m'ont soutenu durant ces épreuves, et qui m'ont encouragé à coucher cette histoire sur le papier.

Je tiens à remercier l'illustratrice de ma couverture pour ses photos qui, à elles seules, racontent déjà des histoires.

A toi aussi, qui as lu patiemment mes écrits en les corrigeant, je dis merci.

Merci à mon éditeur.

Enfin, je tiens à remercier le lecteur qui a pris le temps de découvrir cette histoire, car sans personne pour la lire il n'aurait servi à rien de la publier.

Merci à toutes et tous.